Carlo Goldoni

Il Teatro Comico

IL TEATRO COMICO

di Carlo Goldoni

Commedia in tre atti in prosa scritta in Venezia nell'anno 1750, perché servisse di prima recita. Come seguì nell'autunno dell'anno medesimo: rappresentata in Milano nel mese di settembre antecedente la prima volta.

L'AUTORE A CHI LEGGE

Questa, ch'io intitolo Il *Teatro Comico*, piuttosto che una Commedia, prefazione può dirsi alle mie Commedie.

In questa qualunque siasi composizione, ho inteso di palesemente notare una gran parte di que' difetti che ho procurato sfuggire, e tutti que' fondamenti su' quali il metodo mio ho stabilito, nel comporre le mie Commedie, né altra evvi diversità fra un proemio e questo mio componimento, se non che nel primo si annoierebbono forse i leggitori più facilmente, e nel secondo vado in parte schivando il tedio col movimento di qualche azione.

Io perciò non intesi di dar nuove regole altrui, ma solamente di far conoscere, che con lunghe osservazioni, e con esercizio quasi continuo, son giunto al fine di aprirmi una via da poter camminare per essa con qualche specie di sicurezza maggiore; di che non fia scarsa prova il gradimento che trovano fra gli spettatori le mie Commedie. Io avrei desiderio che qualunque persona si dà a comporre, in ogni qualità di studio, altrui notificasse per qual cammino si è avviata, perciochéé alle arti servirebbe sempre di lume e miglioramento.

Così bramo io parimente, che qualche nobile bell'ingegno d'Italia diasi a perfezionare l'opera mia e a rendere lo smarrito onore alle nostre scene con le buone Commedie, che sieno veramente Commedie, e non scene insieme accozzate senz'ordine e senza regola; e io, che fin ad ora sembrerà forse a taluno che voglia far da maestro, non mi vergognerò mai di apprendere da chichessia, quando abbia capacità d'insegnare,

Questa Commedia fu fatta da me rappresentare nell'anno 1750 la prima sera delle recite dell'Autunno, come apertura di Teatro. Eranvi in essa innestati quei complimenti che sogliono fare i Comici agli uditori la prima sera, le quali cose furono poscia da me levate, come parti disutili della stessa Commedia.

Per adattarmi anche al costume, e metter in grazia la Compagnia, e le Maschere principalmente, le ho introdotte dapprima cogli abiti loro di casa e coi loro volti, poscia vestiti e mascherati da scena. Questa però mi parve in appresso una burattinata, ed ora, nella ristampa ch'io fo di questa Commedia, ho anche assegnato a ciaschedun personaggio un nome proprio, riserbando chiamarlo col nome comico, alloraché nella prova supposta della Commedia rappresenta il tal personaggio. Questa è una correzione di più, cadutami in mente ora, e sarà un difetto di più nella edizione imperfetta del Bettinelli.

Personaggi

ORAZIO, *capo della compagnia de' comici, detto* OTTAVIO *in commedia*

PLACIDA, *prima donna, detta* ROSAURA

BEATRICE, *seconda donna*

EUGENIO, *secondo amoroso, detto* FLORINDO

LELIO, *poeta*

ELEONORA, *cantatrice*

VITTORIA, *servetta di teatro,* detta COLOMBINA

* TONINO *veneziano, poi* PANTALONE *in commedia*

PETRONIO *che fa il* DOTTORE *in commedia.*

* ANSELMO *che fa il Brighella*

* GIANNI *che fa l'Arlecchino*

IL SUGGERITORE

Uno STAFFIERE *della cantatrice, che parla*

Servitori *di teatro, che non parlano.*

La scena stabile è il teatro medesimo, in cui si rappresentano le commedie, con scene e prospetto di cortile, figurandosi esser di giorno, senza lumi e senza spettatori.

*I tre personaggi segnati colla * parlano il linguaggio veneziano, mescolato con qualche voce lombarda.*

ATTO PRIMO

SCENA PRIMA

S'alza la tenda. E prima che intieramente sia alzata, esce ORAZIO, *poi* EUGENIO.

ORAZIO Fermatevi, fermatevi, non alzate la tenda, fermatevi. (*verso la scena*)

EUGENIO Perché, signor Orazio, non volete, che si alzi la tenda?

ORAZIO Per provare un terzo atto di commedia non ci è bisogno di alzar la tenda.

EUGENIO E non ci è ragione di tenerla calata.

ORAZIO Signor sì, che vi è ragione di tenerla calata, signor sì. Voi altri signori non pensate a quello che penso io. Calate giù quella tenda. (*verso la scena*)

EUGENIO Fermatevi. (*verso la scena*) Se si cala la tenda, non ci si vede più, onde per provare le nostre scene, signor capo di compagnia, vi converrà far accender de' lumi.

ORAZIO Quand'è così, sarà meglio alzare la tenda. Tiratela su, che non voglio spendere in lumi. (*verso la scena*)

EUGENIO Bravo, viva l'economia.

ORAZIO Oh amico caro, se non avessi un poco d'economia, le cose anderebbero in precipizio. I comici non si arrichiscono. Quanti ne acquistano, tanti ne spendono. Felici quelli che in capo all'anno la levano del pari; ma per lo più l'uscita è maggiore dell'entrata.

EUGENIO Vorrei sapere per qual causa non volevate alzare la tenda.

ORAZIO Acciocché non si vedesse da nessuno a provare le nostre scene.

EUGENIO A mezza mattina, chi ha da venire al teatro?

ORAZIO Oh vi sono de' curiosi, che si leverebbero avanti giorno.

EUGENIO La nostra compagnia è stata altre volte veduta, non vi sarà poi tanta curiosità.

ORAZIO Abbiamo de' personaggi nuovi.

EUGENIO È vero; questi non si dee lasciarli vedere alle prove.

ORAZIO Quando si vuol mettere in grazia un personaggio, conviene farlo un poco desiderare, e per farlo comparire, bisogna dargli poca parte, ma buona.

EUGENIO Eppur vi sono di quelli, che pregano i poeti, acciocché facciano due terzi di commedia sopra di loro.

ORAZIO Male, malissimo. Se sono buoni annoiano, se sono cattivi, fanno venir la rabbia.

EUGENIO Ma qui si perde il tempo, e non si fa cosa alcuna. Questi signori compagni non vengono.

ORAZIO L'uso comune de' commedianti, levarsi sempre tardi.

EUGENIO La nostra maggior pena sta nelle prove.

ORAZIO Ma le prove sono quelle, che fanno buono il comico.

EUGENIO Ecco la prima donna.

ORAZIO Non è poco, che sia venuta prima degli altri. Per usanza le prime donne hanno la vanità di farsi aspettare.

SCENA SECONDA

PLACIDA, e detti

PLACIDA Ecco qui; io son la prima di tutti. Queste signore donne non favoriscono? Signor Orazio, se tardano io me ne vado.

ORAZIO Cara signora, siete venuta in questo momento, e di già v'inquietate? Abbiate pazienza; ne ho tanta io; abbiatene un poca voi ancora.

PLACIDA Parmi, che a me si potesse mandarne l'avviso, quando tutti stati fossero ragunati.

EUGENIO (Sentite? Parla da prima donna). (*piano ad Orazio*)

ORAZIO (Ci vuol politica; convien sofferirla). Signora mia, vi ho pregata a venir per tempo, e ho desiderato, che veniste prima degli altri, per poter discorrere fra voi e me, qualche cosa toccante la direzione delle nostre commedie.

PLACIDA Non siete il capo della compagnia? Voi potete disporre senza dipendere.

ORAZIO Posso disporre, egli è vero, ma ho piacere, che tutti siano di me contenti; e voi specialmente, per cui ho tutta la stima.

EUGENIO (Volete voi dipendere da' suoi consigli?). (*piano ad Orazio*)

ORAZIO (Questa è la mia massima; ascolto tutti, e poi fo a mio modo). (*piano*)

PLACIDA Ditemi, signor Orazio, qual'è la commedia, che avete destinato di fare domani a sera?

ORAZIO Quella nuova intitolata: *Il Padre rivale del figlio*. Ieri abbiamo provato il primo, e il secondo atto, e oggi proveremo il terzo.

PLACIDA Per provarla non ho difficoltà, ma per farla domani a sera, non sono persuasa.

EUGENIO (Sentite? Non l'approva). (*piano ad Orazio*)

ORAZIO (E che sì, che l'approverà). Qual altra commedia credereste voi, che fosse meglio rappresentare?

PLACIDA Il poeta, che somministra a noi le commedie, ne ha fatte in quest'anno sedici tutte nuove, tutte di carattere, tutte scritte. Facciamone una di quelle.

EUGENIO Sedici commedie in un anno? Pare impossibile.

ORAZIO Sì certamente, egli le ha fatte. Si è impegnato di farle, e le ha fatte.

EUGENIO Quali sono i titoli delle sedici commedie fatte in un anno?

PLACIDA Ve le dirò io: *Il teatro comico, I puntigli delle donne, La bottega del caffè, Il bugiardo, L'adulatore, I poeti, La Pamela, Il cavalier di buon gusto, Il giuocatore, Il vero amico, La finta ammalata, La donna prudente, L'incognita, L'avventuriere onorato, La donna volubile, I pettegolezzi delle donne*, comedia veneziana.

EUGENIO Fra queste non è la commedia, che abbiamo a fare domani a sera. Non è forse anch'essa del medesimo autore?

ORAZIO Sì, è sua; ma è una picciola farsa, ch'egli non conta nel numero delle sue commedie.

PLACIDA Perché dunque vogliamo fare una farsa, e non più tosto una delle migliori commedie?

ORAZIO Cara signora, sapete pure, che ci mancano due parti serie, un uomo, ed una donna. Questi si aspettano, e se non giungono, non si potranno fare commedie di carattere.

PLACIDA Se facciamo le Commedie dell'Arte, vogliamo star bene. Il mondo è annoiato di veder sempre le cose istesse, di sentir sempre le parole medesime, e gli uditori sanno cosa deve dir l'Arlecchino, prima ch'egli apra la bocca. Per me, vi protesto, signor Orazio, che in pochissime commedie antiche reciterò; sono invaghita del nuovo stile, e questo solo mi piace: dimani a sera reciterò, perché, se la commedia non è di carattere, è almeno condotta bene, e si sentono ben maneggiati gli affetti. Per altro, se non si compie la compagnia, potete anche far di meno di me.

ORAZIO Ma frattanto...

PLACIDA Orsù signor Orazio, sono stata in piedi tanto che basta. Vado nel mio camerino a sedere. Quando si prova, chiamatemi, e dite a coteste signore comiche, che non si avvezzino a far aspettare la prima donna. (*parte*)

SCENA TERZA

ORAZIO ed EUGENIO

EUGENIO Io crepo dalle risa.

ORAZIO Voi ridete, e io bestemmierei.

EUGENIO Non mi avete detto, che ci vuoi pazienza?

ORAZIO Sì, la pazienza ci vuole, ma il veleno mi rode.

EUGENIO Ecco il Pantalone.

ORAZIO Caro amico, fatemi un piacere, andate a sollecitar le donne.

EUGENIO Volentieri, anderò. Già preveggo di ritrovarle, o in letto, o alla tavoletta. Queste sono le loro principali incombenze, o riposare, o farsi belle. (*parte*)

SCENA QUARTA

ORAZIO poi TONINO

ORAZIO Ben levato signor Tonino.

TONINO Patron reverito.

ORAZIO Che avete, che mi parete turbato?

TONINO No so, gnanca mi. Me sento un certo tremazzo a torno, che me par d'aver la freve.

ORAZIO Lasciate, ch'io senta il polso.

TONINO Tolè pur, Compare, sappième dir, se el bate a tempo ordinario, o in tripola.

ORAZIO Voi non avete febbre, ma il polso è molto agitato; qualche cosa avete, che vi disturba.

TONINO Saveu cosa, che gh'ho? Una paura, che non so in che mondo che sia.

ORAZIO Avete paura? Di che?

TONINO Caro sior Orazio, buttemo le burle da banda, e parlemo sul sodo. Le commedie de carattere le ha butà sottossora el nostro mistier. Un povero commediante, che ha fatto el so studio segondo l'arte, e che ha fatto l'uso de dir all'improvviso ben o mal quel che vien, trovandose in necessità de studiar, e de dover dir el premedità, se el gh'ha reputazion, bisogna, che el ghe pensa, bisogna, che el se sfadiga a studiar, e che el trema sempre ogni volta, che se fa una nova commedia, dubitando, o de no saverla quanto basta, o de no sostegnir el carattere come xè necessario.

ORAZIO Siamo d'accordo, che questa nuova maniera di recitare esige maggior fatica, e maggior attenzione; ma quanto maggior riputazione ai comici acquista? Ditemi di grazia, con tutte le commedie dell'arte, avreste mai riscosso l'applauso, che avete avuto nell'*Uomo Prudente*, nell'*Avvocato*, nei *Due gemelli*, e in tante altre, nelle quali il poeta si è compiaciuto di preeleggere il Pantalone?

TONINO Xè vero; son contentissimo, ma tremo sempre. Me par sempre, che el sbalzo sia troppo grando, e me recordo quei versi del Tasso:

      Mentre ai voli troppo alti e repentini

      Sogliono i precipizi esser vicini.

ORAZIO Sapete il Tasso? Si vede, che siete pratico di Venezia, e del gusto di essa quanto al Tasso, che vi si canta quasi comunemente.

TONINO Oh in materia de Venezia, so anca mi de barca menar.

ORAZIO Vi siete divertito in essa da giovine?

TONINO Che cade! Ho fatto un poco de tutto.

ORAZIO Colle belle donne come ve la siete passata?

TONINO

      E porto in me di quelle donne istesse

      le onorate memorie ancora impresse.

ORAZIO Bravo signor Pantalone; mi piace il vostro brio, la vostra giovialità; spesse volte vi sento cantare.

TONINO Sior sì; co no gh'ho bezzi, canto sempre.

ORAZIO Fatemi un piacere, fino a tanto, che i nostri carissimi signori compagni ci favoriscono di venire, cantatemi una canzonetta.

TONINO Dopo, che ho studià tre ore, volè che canta? Compatime, no ve posso servir.

ORAZIO Già siamo soli, nessuno ci sente.

TONINO In verità, che no posso; un'altra volta ve servirò.

ORAZIO Fatimi questo piacere. Bramo di sentire, se state bene di voce.

TONINO E se stago ben, me voleu farsi far cantar in teatro?

ORAZIO Perché no?

TONINO Voleu, che ve diga? Mi fazzo da Pantalon, e no da musico, e se avesse volesto far da musico, no gh'averia l'incomodo della barba. (*parte*)

SCENA QUINTA

ORAZIO, poi VITTORIA

ORAZIO Dice così, ma è compiacente. Se farà di bisogno, son certo, ch'ei canterà.

VITTORIA Riverisco il signor Orazio.

ORAZIO Oh, signora Vittoria, vi sono schiavo; voi siete delle più diligenti.

VITTORIA Io faccio sempre volentieri il mio debito, e che ciò sia la verità osservate: siccome la parte, che mi è toccata nella commedia, che oggi si prova, è lunga un dito, ne ho presa un altra in mano, e la vado studiando.

ORAZIO Bravissima, così mi piace. Di che commedia è la parte, che avete in mano?

VITTORIA Questa è la parte di *Cate* nella *Putta onorata*.

ORAZIO Ah, ah! vi piace quel caratterino di pelarina?

VITTORIA Sulla scena sì, ma fuori della scena no.

ORAZIO Eh! o poco, o molto, le donne pelano sempre.

VITTORIA Una volta pelavano, ma adesso son finiti i pollastri.

ORAZIO E pure si vede anche adesso dei giovanotti pelati fino all'osso.

VITTORIA Sapete perché? Ve lo dirò io. Prima di tutto perché le penne son poche, poi una penna al giuoco, un'altra alla crapola, una ai teatri, una ai festini; per le povere donne non restano che le piccole penne matte, e qualche volta tocca a noi altre a rivestire cotesti poveri spennacchiati.

ORAZIO Voi ne avete mai rivestito alcuno?

VITTORIA Oh, io non son gonza.

ORAZIO Certo, che saprete il fatto vostro; siete commediante.

VITTORIA So il fatto mio quanto basta per non lasciarmi infinocchiare, per altro circa l'essere commediante, vi sono di quelle, che non girano il mondo; vi sono delle casalinghe, che ne sanno cento volte più di noi.

ORAZIO Sicché dunque per esser furba, basta esser donna.

VITTORIA È vero, ma sapete perché, le donne son furbe?

ORAZIO Perché?

VITTORIA Perché gli uomini insegnano loro la malizia.

ORAZIO Per altro, se non fossero gli uomini, sareste innocentissime.

VITTORIA Senza dubbio.

ORAZIO E noi saremmo innocenti se non foste voi altre donne.

ORAZIO Eh galeotti maledetti!

ORAZIO Eh streghe indiavolate!

VITTORIA Orsù, signor Orazio, cosa facciamo? Si prova, o non si prova?

ORAZIO Mancano ancora le signore donne, l'Arlecchino, e il Brighella.

SCENA SESTA

ANSELMO, e detti

ANSELMO Brighella l'è qua per servirla.

ORAZIO Oh bravo.

ANSELMO Son stà fin adesso a discorrer con un poeta.

ORAZIO Poeta? Di qual genere?

ANSELMO Poeta comico.

VITTORIA È un certo signor Lelio?

ANSELMO Giusto el sior Lelio.

VITTORIA È stato anche a trovar me, e subito che l'ho veduto, l'ho raffigurato per poeta.

ORAZIO Per qual ragione?

VITTORIA Perché era miserabile, e allegro.

ORAZIO Da questi segni l'avete raffigurato per poeta?

VITTORIA Sì, signore. I poeti a fronte delle miserie, si divertiscono colle Muse, e stanno allegri.

ANSELMO Oh ghe n'è dei altri, che fa cusì.

ORAZIO E quali sono?

ANSELMO I commedianti.

VITTORIA È vero, è vero; anch'essi, quando non hanno danari, vendono e impegnano per star allegri.

ANSELMO Ghe n'è de quei, che i è pieni de cucche, e i va intrepidi come paladini.

ORAZIO Perdonatemi, signori miei, fate torto a voi stessi parlando così. In tutta l'arte comica vi saranno pur troppo de' malviventi; ma di questi il mondo è pieno, e in tutte le arti qualcheduno se ne ritrova. Il vero comico deve essere, come tutti gli altri onorato, deve conoscere il suo dovere, e deve essere amante dell'onore, e di tutte le morali virtù.

ANSELMO El comico pol aver tutte le virtù, fora d'una.

ORAZIO E qual'è quella virtù, che non può avere?

ANSELMO L'economia.

VITTORIA Appunto come il poeta.

ORAZIO Eppure, se vi è nessuno, che abbia bisogno dell'economia, il recitante delle commedie dovrebbe essere quegli; perché essendo l'arte comica soggetta a infinite peripezie, l'utile è sempre incerto, e le disgrazie succedono facilmente.

ANSELMO Sto poeta lo volemio sentir?

ORAZIO Noi non ne abbiamo bisogno.

ANSELMO N'importa; sentimolo per curiosità.

ORAZIO Per semplice curiosità non lo sentirei. Degli uomini dotti dobbiamo aver rispetto. Ma perché voi me lo proponete, lo sentirò volentieri: e se averà qualche buona idea, non sarò lontano dall'accettarla.

VITTORIA E il nostro autore non se l'avrebbe a male?

ORAZIO Niente. Conosco il suo carattere. Egli se l'avrebbe a male se cotesto signor Lelio volesse strapazzare i componimenti suoi, ma se sarà un uomo di garbo, e un savio e discreto critico, son certo, che gli sarà buon amico.

ANSELMO Donca lo vado a introdur?

ORAZIO Sì, e fatemi il piacere d'avvisare gli altri, acciocché si trovino tutti qui a sentirlo. Ho piacere, che ognuno dica il suo sentimento. I commedianti, ancorché non abbiano l'abilità di comporre le commedie, hanno però bastante cognizione per discernere le buone dalle cattive.

ANSELMO Sì, ma gh'è de quelli, che pretende giudicar della commedia dalla so parte. Se la parte l'è breve, i dise, che la commedia l'è cattiva, ognun vorria esser in grado de far la prima figura, e el comico giubila, e gode, col sente le risade, e le sbattude de man.

    Poiché se el popol ride, e lieto applaude

    el comico sarà degno di laude. (*parte*)

SCENA SETTIMA

ORAZIO e VITTORIA

ORAZIO Ecco i soliti versi. Una volta tutte le scene si terminavano così.

VITTORIA È verissimo; tutti i dialoghi si finivano in canzonetta. Tutti i recitanti all'improvviso diventavano poeti.

ORAZIO Oggidì essendosi rinnovato il gusto delle commedie, si è moderato l'uso di tali versi.

VITTORIA Gran novità si sono introdotte nel teatro comico!

ORAZIO Pare a voi, che chi ha introdotto tali novità abbia fatto più male, o più bene?

VITTORIA Questa è una quistione, che non è per me. Ma però vedendo, che il mondo vi applaudisce, giudico, che avrà fatto più bene, che male. Vi dico ciò non ostante, che per noi ha fatto male, perché abbiamo da studiare assai più, e per voi ha fatto bene, perché la cassetta vi frutta meglio.(*parte*)

SCENA OTTAVA

ORAZIO poi GIANNI

ORAZIO Tutti fanno i conti sulla cassetta, e non pensano alle gravi spese, che io ho! Se un anno va male, addio signor capo. Oh ecco l'Arlecchino.

GIANNI Signor Orazio, siccome ho l'onore di favorirla colla mia insufficienza, così son venuto a ricever l'incomodo delle so grazie.

ORAZIO Viva il signor Gianni. (No so se parli da secondo zanni, o creda di parlar bene).

GIANNI Mi hanno detto, ch'io venga allo sconcerto, e non ho mancato, anzi ero in una bottega, che bevevo il caffè, e per far presto, ho rotto la chicchera per servirla...

ORAZIO Mi dispiace d'essere stato cagione di questo male.

GIANNI Niente, niente, *Post factum nullum consilium.*

ORAZIO (È un bell'umore davvero). Mi dica, signor Gianni, come gli piace Venezia?

GIANNI Niente affatto.

ORAZIO No! Perché?

GIANNI Perché ieri sera son cascado in canale.

ORAZIO Povero signor Gianni, come ha fatto?

GIANNI Vi dirò: siccome la navicella...

ORAZIO Ma ella parla toscano?

GIANNI Sempre a rotta de collo.

ORAZIO Il secondo zanni non deve parlar toscano.

GIANNI Caro signor, la me diga, in che linguaggio parla el secondo zane?

ORAZIO Dovrebbe parlare bergamasco.

GIANNI Dovrebbe! Lo so anch'io dovrebbe. Ma come parla?

ORAZIO Non lo so nemmen io.

GIANNI Vada dunque a imparare come parlano gli Arlecchini, e poi venga a correggere noi. La lara, la lara. (*canticchiando con brio*)

ORAZIO (Fa ridere ancora me). Ditemi un poco, come avete fatto a cadere in acqua?

GIANNI In tel smontar da una gondola, ho messo un piede in terra, e l'altro sulla banda della barca. La barca s'ha slontanà dalla riva, e mi de bergamasco son diventà venezian.

ORAZIO Signor Gianni, domani a sera bisogna andar in scena colla commedia nuova.

GIANNI Son qua, muso duro, fazza tosta, gnente paura.

ORAZIO Arriccordatevi, che non si recita più all'antica.

GIANNI E nu reciteremo alla moderna.

ORAZIO Ora si è rinnovato il buon gusto.

GIANNI El bon, el piase anca ai bergamaschi.

ORAZIO E gli uditori non si contentano di poco.

GIANNI Vu fè de tutto per metterme in suggezion, e no farè gnente. Mi fazzo un personaggio, che ha da far rider, se ho da far rider i altri, bisogna prima, che rida mi, onde no ghe vòi pensar. La sarà co la sarà, d'una cosa sola pregherò, supplicherò la mia carissima, la mia pietosissima udienza, per carità, per cortesia, che se i me vol onorar de qualche dozena de pomi, in vece de crudi, che i li toga cotti.

ORAZIO Lodo la vostra franchezza. In qualche altra persona potrebbe dirsi temerità, ma in un Arlecchino, il quale, come dite voi, deve far ridere, questa giovialità, questa intrepidezza è un bel capitale.

GIANNI *Audaces fortuna iuvat, timidosque,* con quel che segue.

ORAZIO Tra poco devo sentire un poeta, e poi voglio, che proviamo qualche scena.

GIANNI Se volì un poeta, son qua mi.

ORAZIO Siete anche poeta?

GIANNI Eccome!

Anch'io de' pazzi ho il triplicato onore.

Son poeta, son musico, e pittore. (*parte*)

ORAZIO Buono, buono. Mi piace assai. In un Arlecchino anche i versi son tollerabili. Ma cotesti signori non vengono. Anderò io a sollecitargli. Gran pazienza ci vuole a far il capo di compagnia. Chi non lo crede provi una settimana, e protesto, che gliene anderà via subito la volontà. (*parte*)

SCENA NONA

BEATRICE e PETRONIO

BEATRICE Via signor Dottore favoritemi, andiamo. Voglio che siate voi il mio cavaliere servente.

PETRONIO Il Cielo me ne liberi.

BEATRICE Per qual cagione?

PETRONIO Perché in primo luogo, io non son così pazzo che voglia assoggettarmi all'umore stravagante di una donna. In secondo, perché se volessi farlo, lo farei fuori di compagnia, ché chi ha giudizio porta la puzza lontano da casa; e in terzo luogo, perché con lei farei per l'appunto la parte dal Dottore nella commedia intitolata: *La Suocera e la Nuora.*

BEATRICE Che vuol dire?

PETRONIO Per premio della mia servitù, non potrei attendere altro, che un bicchier d'acqua nel viso.

BEATRICE Sentite, io non bado a queste cose. Serventi non ne ho mai avuto, e non ne voglio, ma quando dovessi averne, gli vorrei giovani.

PETRONIO Le donne s'attaccano sempre al loro peggio.

BEATRICE Non è mai peggio quello che piace.

PETRONIO Non s'ha da cercar quel che piace, ma quel che giova.

BEATRICE Veramente non siete buono da altro, che da dar buoni consigli.

PETRONIO Io son buono per dargli, ma ella a quanto veggo non è buona da ricevergli.

BEATRICE Quando sarò vecchia, gli riceverò.

PETRONIO *Principiis obsta; sero medicina paratur.*

SCENA DECIMA

EUGENIO, ORAZIO, ROSAURA e detti

BEATRICE Buon giorno, signora Placida.

PLACIDA Riverisco la signora Beatrice.

BEATRICE Come sta? Sta bene?

PLACIDA Benissimo per servirla. Ed ella come sta?

BEATRICE Eh così, così! Un poco abbattuta dal viaggio.

PLACIDA Oh! gran patimenti sono questi viaggi!

BEATRICE Mi fanno ridere quelli che dicono, che noi andiamo a spasso, a divertirci pel mondo.

PLACIDA Spasso eh? Si mangia male, si dorme peggio, si patisce ora il caldo, e ora il freddo. Questo spasso lo lascierei pur volentieri.

ORAZIO Signore mie, hanno terminato i loro complimenti?

PLACIDA I miei complimenti gli finisco presto.

BEATRICE Io pure non m'ingolfo colle cerimonie.

ORAZIO Sediamo dunque. Servitori, dove siete. Portate da sedere. (*i servitori portano le sedie, tutti siedono; le donne stanno vicine*) Or ora sentiremo un poeta nuovo.

PLACIDA Lo sentirò volentieri.

EUGENIO Eccolo, che viene.

PETRONIO Poverino! È molto magro.

SCENA UNDICESIMA

LELIO, e detti

LELIO Servitor umilissimo a loro signori. (*tutti lo salutano*) Mi favoriscano di grazia; qual è di queste signore la prima donna?

ORAZIO Ecco qui la signora Placida.

LELIO Permetta, che con tutto il rispetto eserciti un atto del mio dovere. (*le bacia la mano*)

PLACIDA Mi onora troppo, signore io non lo merito.

LELIO Ella, signora, è forse la seconda donna?. (*a Beatrice*)

BEATRICE Per servirla.

LELIO Permetta, che ancora seco... (*come sopra*)

BEATRICE No certamente. (*la ritira*)

LELIO La supplico... (*torna a provare*)

BEATRICE Non s'incomodi. (*come sopra*)

LELIO È mio debito. (*gliela bacia*)

BEATRICE Come comanda.

ORAZIO Questo poeta è molto cerimonioso. (*a Eugenio*)

EUGENIO I poeti colle donne sono quasi tutti così. (*ad Orazio*)

ORAZIO Ella dunque è il signor Lelio, celebre compositore di commedie, non è così?

LELIO A' suoi comandi. Chi è V. S. se è lecito di saperlo?

ORAZIO Sostengo la parte di primo amoroso, e sono il capo della compagnia.

LELIO Lasci dunque, che eserciti seco gli atti del mio rispetto. (*Lo riverisce con affettazione*)

ORAZIO La prego non s'incomodi. Eh là, dategli da sedere.

LELIO Ella mi onora con troppa bontà. (*i servi portano una sedia, e partono*)

ORAZIO S'accomodi.

LELIO Ora, se mi permette anderò vicino a queste belle signore.

ORAZIO Ella sta volentieri vicino alle donne.

LELIO Vede bene. Le Muse son femmine. Viva il bel sesso. Viva il bel sesso.

PETRONIO Signor poeta, gli son servitore.

LELIO Schiavo suo. Chi è ella, mio padrone?

PETRONIO Il Dottore, per servirla.

LELIO Bravo, me ne rallegro. Ho una bella commedia fatta per lei.

PETRONIO Com'è intitolata?

LELIO *Il Dottore ignorante.*

PETRONIO Mi diletto anch'io sa ella di comporre, ed ho fatto ancor io una commedia.

LELIO Sì? Com'è intitolata?

PETRONIO *Il Poeta matto.*

LELIO Viva il signor Dottore. Madama, ho delle scene di tenerezza, fatte apposta per voi, che faranno piangere non solo gl'uditori, ma gli scanni stessi. (*a Placida*) Signora, ho per voi delle scene di forza, che faranno battere le mani anco ai palchi medesimi. (*a Beatrice*)

EUGENIO (Piangere li scanni, battere le mani a' palchi. Questo è un poeta del Seicento).

ORAZIO Ci favorisca di farci godere qualche cosa di bello.

LELIO Questa è una commedia a soggetto, che ho fatta in tre quarti d'ora.

PETRONIO Si può ben dire, che è fatta precipitevolissimevolmente.

LELIO Senta il titolo. *Pantalone padre amoroso, con Arlecchino servo fedele, Brighella mezzano per interesse, Ottavio economo in villa, e Rosaura delirante per amore.* Ah, che ne dite? È bello? Vi piace? (*alle donne*)

PLACIDA È un titolo tanto lungo, che non me lo ricordo più.

BEATRICE È un titolo che comprende quasi tutta la compagnia.

LELIO Questo è il bello; far che il titolo serva d'argomento alla commedia.

ORAZIO Mi perdoni, signor Lelio. Le buone commedie devono avere l'unità dell'azione; uno deve essere l'argomento, e semplice deve essere il loro titolo.

LELIO Bene. Meglio è abbondare, che mancare. Questa commedia ha cinque titoli, prendete di essi qual più vi piace. Anzi fate così, ogni anno che tornate a recitarla, mutate il titolo, e averete per cinque anni una commedia, che parerà sempre nuova.

ORAZIO Andiamo avanti. Sentiamo come principia.

LELIO Ah Madama, gran piacere proverò io, se avrò l'onore di scrivere qualche cosa per voi. (*a Placida*)

PLACIDA Mi dispiace, ch'io le farò poco onore.

LELIO Quanto mi piace la vostra idea! Siete fatta apposta per sostenere il carattere di una bellezza tiranna. (*a Beatrice*)

BEATRICE Il signor poeta mi burla.

LELIO Lo dico con tutto il core.

PETRONIO Signor poeta, di grazia, ha ella mai recitato?

LELIO Ho recitato nelle più celebri accademie d'Italia.

PETRONIO Mi pare, che V. S. sia fatto appunto per le scene di caricatura.

ORAZIO E così, signore si può sentire questo soggetto?

LELIO Eccomi, subito vi servo: *Atto primo. Strada. Pantalone, e Dottore. Scena d'amicizia.*

ORAZIO Anticaglia, anticaglia.

LELIO Ma di grazia ascoltatemi. *Il Dottore chiede la figlia a Pantalone.*

EUGENIO E Pantalone gliela promette.

LELIO Bravo, è vero. *E Pantalone gliela promette. Il Dottore si ritira. Pantalone picchia, e chiama Rosaura.*

ORAZIO E Rosaura viene in istrada.

LELIO Sì signore; *e Rosaura viene in istrada.*

ORAZIO Con sua buona grazia, non voglio sentir altro.(*s'alza*)

LELIO Perché? Cosa c'è di male?

ORAZIO Questa enorme improprietà di far venire le donne in istrada, è stata tollerata in Italia per molti anni con iscapito del nostro decoro. Grazie al Cielo l'abbiamo corretta, l'abbiamo abolita, e non si ha più da permettere sul nostro teatro.

LELIO Facciamo così. *Pantalone va in casa della figlia, e il Dottor resta.*

ORAZIO E frattanto che Pantalone sta in casa, cosa deve dire il Dottore?

LELIO *Mentre Pantalone è in casa, il Dottore... dice quel, che vuole. In questo,* sentite. *In questo Arlecchino servo del Dottore viene pian piano, e dà una bastonata al padrone.*

ORAZIO Oibò, oibò sempre peggio.

PETRONIO Se il poeta facesse da Dottore, il lazzo anderebbe bene.

ORAZIO Che il servo bastoni il padrone è una indignità. Purtroppo è stato praticato da' comici questo bel lazzo, ma ora non si usa più. Si può dare maggior inezia? Arlecchino bastona il padrone, e il padrone lo soffre perché è faceto? Signor poeta, se non ha qualche cosa di più moderno, la prego, non s'incomodi più oltre.

LELIO Sentite almeno questo dialogo.

ORAZIO Sentiamo il dialogo.

LELIO *Dialogo primo. Uomo prega, donna scaccia.* (Uomo) *Tu sorda più del vento, non odi il mio lamento?* (Donna) *Olà, vammi lontano, insolente qual mosca, o qual tafano.* (Uomo) *Idolo mio diletto...*

ORAZIO Non posso più.

LELIO *Abbiate compassione...*

ORAZIO Andategli a cantar sul colascione. (*parte*)

LELIO (Donna) *Quanto più voi mi amate, tanto più mi seccate.* (Uomo) *Barbaro cuore ingrato.*

EUGENIO Anch'io signor poeta, son seccato. (*parte*)

LELIO (Donna) *Va' pure amante insano, già tu mi preghi invano.* (Uomo) *Sentimi o Donna o Dea.*

PETRONIO Oh, mi ha fatto venir la diarrea. (*parte*)

LELIO (Donna). *Fuggi vola sparisci.* (Uomo) *Fermati, o cruda Arpia.*

BEATRICE Vado via, vado via. (*parte*)

LELIO *Non far di me strapazzo.*

PLACIDA Signor Poeta mio, voi siete pazzo. (*parte*)

LELIO (Donna) *Non sperar da me pietà, che pietà di te non ho.* (Uomo) *Se pietà da te non ho, disperato morirò.* Come! tutti si sono partiti? Mi hanno piantato? Così scherniscono un uomo della mia sorta? Giuro al Cielo mi vendicherò. Farò loro vedere chi sono. Farò recitare le mie commedie a dispetto loro, e se altro luogo non troverò per esporle, le farò recitar sopra un banco in piazza da una compagnia di valorosissimi cerretani. Chi sono costoro, che pretendono tutto a un tratto di rinnovare il teatro comico? Si danno ad intendere per aver esposto al pubblico alcune commedie nuove di cancellare tutte le vecchie? Non sarà mai vero, e con le loro novità, non arriveranno mai a far tanti danari, quanti ne ha fatti per tanti anni il gran *Convitato di Pietra.* (*parte*)

ATTO SECONDO

SCENA PRIMA

LELIO ed ANSELMO

LELIO Signor Anselmo, son disperato.

ANSELMO Ma, caro signor, la ghe va a proponer per prima commedia una strazza d'un soggetto, che no l'è gnanca bon per una compagnia de burattini.

LELIO In quanto al soggetto mi rimetto, ma il mio dialogo, non lo dovevano strapazzare così.

ANSELMO Ma no sàla, che dialoghi, uscite, soliloqui, rimproveri, concetti, disperazion, tirade, le son cosse, che no le usan più?

LELIO Ma presentemente che cosa si usa?

ANSELMO Commedie de carattere.

LELIO Oh, delle commedie di carattere, ne ho quante ne voglio.

ANSELMO Perché donca no ghe n'àla proposto qualcheduna al nostro capo?

LELIO Perché non credeva, che gl'Italiani avessero il gusto delle commedie di carattere.

ANSELMO Anzi l'Italia adesso corre drio unicamente a sta sorte de commedie, e ghe dirò de più, che in poco tempo ha tanto profità el bon gusto nell'animo delle persone, che adesso anca la zente bassa decide francamente sui caratteri, e su i difetti delle commedie.

LELIO Quella è una cosa assai prodigiosa.

ANSELMO Ma ghe dirò anca el perché. La commedia l'è stada inventada per corregger i vizi, e metter in ridicolo i cattivi costumi; e quando le commedie dai antighi se faceva così, tuto el popolo decideva, perché vedendo la copia d'un carattere in scena, ognun trovava, o in se stesso, o in qualchedun'altro l'original. Quando le commedie son deventade meramente ridicole, nissun ghe abbadava più, perché, col pretesto de far rider, se ammetteva i più alti, i più sonori spropositi. Adesso che se torna a pescar le commedie nel *mare magnum* della natura, i omeni se sente a bisegar in tel cor, e investindose della passion, o del carattere, che se rappresenta, i sa discerner se la passion sia ben sostegnuda, se il carattere sia ben condotto, e osservà.

LELIO Voi parlate in una maniera, che parete più poeta, che commediante.

ANSELMO Ghe dirò, patron. Colla maschera son Brighella, senza maschera son un omo, che se non è poeta per l'invenzion, ha però quel discernimento, che basta per intender el so mestier. Un comico ignorante no pol riuscir in nessun carattere.

LELIO (Ho gran timore, che questi comici ne sappiano più di me). Caro amico, fatemi il piacere di dire al vostro capo di compagnia, che ho delle commedie di carattere.

ANSELMO Ghe lo dirò, e la pol tornar stassera, o domattina, che gh'averò parlà.

LELIO No; avrei fretta di farlo adesso.

ANSELMO La vede; s'ha da concertar alcune scene de commedia per doman de sera; adesso nol ghe poderà abbadar.

LELIO Se non mi ascolta subito, vado via, e darò le mie commedie a qualche altra compagnia.

ANSELMO La se comodi pur. Nu no ghe n'avemo bisogno.

LELIO Il vostro teatro perderà molto.

ANSELMO Ghe vorrà pazienza.

LELIO Domani devo partire; se ora non mi ascolta non faremo più a tempo.

ANSELMO La vaga a bon viazo.

LELIO Amico, per dirvi tutto col cuore sulle labbra, non ho denari, e non so come far a mangiare.

ANSELMO Questa l'è una bella rason, che me persuade.

LELIO Mi raccomando alla vostra assistenza; dite una buona parola per me.

ANSELMO Vado da sior Orazio, e spero, che el vegnirà a sentir subito cossa che la gh'ha, circa ai caratteri. (Ma credo, che el più bel carattere de commedia sia el suo, cioè el poeta affamado). (*parte*)

SCENA SECONDA

LELIO e poi PLACIDA

LELIO Sono venuto in una congiuntura pessima. I comici sono oggidì illuminati; ma non importa. Spirito, e franchezza. Può darsi, che mi riesca di far valere l'impostura. Ma ecco la prima donna che torna. Io credo di aver fatta qualche impressione sullo spirito di lei.

PLACIDA Signor Lelio ancora qui?

25

LELIO Sì mia signora, qual invaghita farfalla mi vo raggirando intorno al lume delle vostre pupille.

PLACIDA Signore, se voi seguiterete questo stile, vi farete ridicolo.

LELIO Ma i vostri libri, che chiamate "generici" non sono tutti pieni di questi concetti?

PLACIDA I miei libri, che contenevano tali concetti gli ho tutti abbruciati, e così hanno fatto tutte quelle recitanti, che sono dal moderno gusto illuminate. Noi facciamo per lo più commedie di carattere, premeditate, ma quando ci accade di parlare all'improvviso, ci serviamo dello stil familiare, naturale, e facile, per non distaccarsi dal verisimile.

LELIO Quand'è così, vi darò io delle commedie scritte con uno stile sì dolce, che nell'impararle v'incanteranno.

PLACIDA Basta che non sia stile antico, pieno d'"antitesi", e di "traslati".

LELIO L'"antitesi" forse non fa bell'udire? Il contrapposto delle parole non suona bene all'orecchio?

PLACIDA Fin che l'"antitesi" è "figura", va bene; ma quando diventa "vizio" è insoffribile.

LELIO Gli uomini della mia sorta, sanno dai "vizi" trar le "figure", e mi dà l'animo di rendere una graziosa figura di "repetizione" la più ordinaria "cacofonia".

PLACIDA Sentirò volontieri le belle produzioni dello spirito di lei.

LELIO Ah, signora Placida, voi avete ad essere la mia sovrana, la mia stella, il mio nume.

PLACIDA Questa "figura" mi pare "iperbole".

LELIO Andrò investigando colla mia più fina "retorica" tutti i "luoghi topici" del vostro cuore.

PLACIDA (Non vorrei, che la sua "retorica" intendesse di passare più oltre).

LELIO Dalla vostra bellezza "argomento fiosoficamente" la vostra bontà.

PLACIDA Piuttosto che "filosofo", mi parete un bel "matematico".

LELIO Mi renderò "speculativo" nelle prerogative del vostro merito.

PLACIDA Fallate il "conto", siete un cattivo "aritmetico".

LELIO Spero, che colla perfezione dell'"optica" potrò "speculare" la vostra bellezza.

PLACIDA Anche in questo siete un pessimo "astrologo".

LELIO È possibile, che non vogliate esser "medica" amorosa delle mie piaghe?

PLACIDA Sapete cosa sarò? Un "giudice legale", che vi farà legare, e condurre allo spedale de' pazzi. (Se troppo stessi con lui, farebbe impazzire ancora me. Mi ha fatto dire di quei concetti, che sono proibiti, come le pistole corte). (*parte*)

SCENA TERZA

LELIO e poi ORAZIO

LELIO Queste principesse di teatro pretendono d'aver troppa sovranità su i poeti, e se non fossimo noi, non riscuoterebbero dall'udienza gli applausi. Ma ecco il signor capo; conviene contenersi con esso con umiltà. Oh fame, fame, sei pur dolorosa!

ORAZIO Mi ha detto il signor Brighella, che V. S. ha delle commedie di carattere, e ancorché io non ne abbia bisogno, tuttavolta per farle piacere, ne prenderò qualcheduna.

LELIO Le sarò eternamente obbligato.

ORAZIO Da sedere. (*i servi portano due sedie, e partono*)

LELIO (Fortuna aiutami).

ORAZIO Favoritemi, e mostratemi qualche cosa di bello.

LELIO Ora vi servo subito. Questa è una commedia tradotta dal francese, ed è intitolata...

ORAZIO Non occorre altro. Quando è una commedia tradotta non fa per me.

LELIO Perché? Disprezzate voi l'opere dei Francesi?

ORAZIO Non le disprezzo; le lodo, le stimo, le venero, ma non sono il caso per me. I Francesi hanno trionfato nell'arte delle commedie per un secolo intiero; sarebbe ormai tempo, che l'Italia facesse conoscere non essere in ella spento il lume de' buoni autori, i quali dopo i Greci, ed i Latini sono stati i primi ad arricchire, e ad illustrare il teatro. I Francesi nelle loro commedie, non si può dire che non abbiano de' bei caratteri, e ben sostenuti, che non maneggiano bene le passioni, e che i loro concetti non siano arguti, spiritosi, e brillanti, ma gl'uditori di quel paese si contentano del poco. Un carattere solo basta per sostenere una commedia francese. Intorno ad una sola passione ben maneggiata e condotta, raggirano una quantità di periodi, i quali colla forza dell'esprimere prendono aria di novità. I nostri Italiani vogliono molto più. Vogliono, che il carattere principale sia forte, originale, e conosciuto, che quasi tutte le persone, che formano gli episodi siano altrettanti caratteri; che l'intreccio sia mediocremente fecondo d'accidenti, e di novità. Vogliono la morale mescolata coi sali, e colle facezie. Vogliono il fine inaspettato, ma bene originato dalla condotta della commedia. Vogliono tante infinite cose, che troppo lungo sarebbe il dirle, e solamente, coll'uso, colla pratica, e col tempo si può arrivar a conoscerle, e ad eseguirle.

LELIO Ma quando poi una commedia ha tutte queste buone qualità, in Italia, piace a tutti?

27

ORAZIO Oh signor no. Perché, siccome ognuno, che va alla commedia pensa in un modo particolare, così fa in lui vario effetto, secondo il modo suo di pensare. Al malinconico non piace la barzeletta; all'allegro non piace la moralità. Questa è la ragione per cui le commedie non hanno mai, e mai non avranno l'applauso universale. Ma la verità però si è, che quando sono buone, alla maggior parte piacciono, quando sono cattive quasi a tutti dispiacciono.

LELIO Quand'è così, io ho una commedia di carattere di mia invenzione, che son sicuro che piacerà alla maggior parte. Mi pare d'avere osservati in essa tutti i precetti, ma quando non li avessi tutti adempiuti, son certo d'avere osservato il più essenziale, che è quello della scena stabile.

ORAZIO Chi vi ha detto, che la scena stabile sia un precetto essenziale?

LELIO Aristotile.

ORAZIO Avete letto Aristotile?

LELIO Per dirla, non l'ho letto, ma ho sentito a dire così.

ORAZIO Vi spiegherò io cosa dice Aristotile. Questo buon filosofo intorno alla commedia ha principiato a scrivere, ma non ha terminato, e non abbiamo di lui, sopra tal materia, che poche imperfette pagine. Egli ha prescritta nella sua poetica l'osservanza della scena stabile rispetto alla tragedia, e non ha parlato della commedia. Vi è chi dice, che quanto ha detto della tragedia si debba intendere ancora della commedia, e che se avesse terminato il trattato della commedia, avrebbe prescritta la scena stabile. Ma a ciò rispondesi, che se Aristotile fosse vivo presentemente, cancellerebbe egli medesimo quest'arduo precetto, perché da questo ne nascono mille assurdi, mille improprietà, e indecenze. Due sorti di Commedia distinguo: "commedia semplice", e "commedia d'intreccio". La commedia "semplice" può farsi in iscena stabile. La commedia d'"intreccio" così non può farsi senza durezza, e improprietà. Gli antichi non hanno avuta la facilità, che abbiamo noi di cambiar le scene, e per questo ne osservano l'unità. Noi avremo osservata l'unità del luogo, sempreché si farà la commedia in una stessa città, e molto più se si farà in un'istessa casa; basta che non si vada da Napoli in Castiglia come senza difficoltà solevano praticar gli Spagnuoli, i quali oggidì principiano a correggere quest'abuso, e a farsi scrupolo della distanza, e del tempo. Onde concludo, che se la commedia senza stiracchiature, o improprietà può farsi in iscena stabile, si faccia; ma se per l'unità della scena, si hanno a introdurre degli assurdi; è meglio cambiar la scena, e osservare le regole del verisimile.

LELIO Ed io ho fatto tanta fatica per osservare questo precetto.

ORAZIO Può essere, che la scena stabile vada bene. Qual è il titolo della vostra commedia?

LELIO *Il padre mezzano delle proprie figliuole.*

ORAZIO Oimè! Cattivo argomento. Quando il protagonista della commedia è di cattivo costume, o deve cambiar carattere contro i buoni precetti, o deve riescire la commedia stessa una scelleraggine.

LELIO Dunque non si hanno a mettere sulla scena i cattivi caratteri per correggerli, e svergognarli?

ORAZIO I cattivi caratteri si mettono in iscena, ma non i caratteri scandolosi, come sarebbe questo di un padre, che faccia il mezzano alle proprie figliuole. E poi quando si vuole introdurre un cattivo carattere in una commedia, si mette di fianco, e non in prospetto, che vale a dire, per episodio, in confronto del carattere virtuoso, perché maggiormente si esalti la virtù, e si deprima il vizio.

LELIO Signor Orazio, non so più cosa dire. Io non ho altro da offerirvi.

ORAZIO Mi spiace infinitamente, ma quanto mi avete offerito non fa per me.

LELIO Signor Orazio, le mie miserie sono grandi.

ORAZIO Mi rincresce, ma non so come soccorrervi.

LELIO Una cosa mi resta a offerirvi, e spero, che non vi darà il cuore di sprezzarla.

ORAZIO Ditemi in che consiste?

LELIO Nella mia stessa persona.

ORAZIO Che cosa dovrei fare di voi?

LELIO Farò il comico, se vi degnate accettarmi.

ORAZIO (*s'alza*) Voi vi esibite per comico? Un poeta, che deve esser maestro de' comici, discende al grado di recitante? Siete un impostore, e come siete stato un falso poeta; così sareste un cattivo comico. Onde rifiuto la vostra persona come ho le opere vostre già rifiutate, dicendovi per ultimo, che v'ingannate, se credete che i comici onorati, come noi siamo, diano ricetto a' vagabondi. (*parte*)

LELIO Vadano al diavolo i soggetti, le commedie, e la poesia. Era meglio, che mi mettessi a recitare alla prima. Ma se ora il capo mi scaccia, e non mi vuole, chi sa! col mezzo del signor Brighella può essere, che mi accetti. Tant'è; mi piace il teatro. Se non son buono per comporre, mi metterrò a recitare. Come quel buon soldato, che non potendo essere capitano, si contentò del grado di tamburino. (*parte*)

SCENA QUARTA

Il SUGGERITORE con fogli in mano e cerino acceso; poi PLACIDA ed EUGENIO

SUGGERITORE Animo, signori, che l'ora vien tarda. Vengano a provare le loro scene. Tocca a *Rosaura*, e a *Florindo*.

PLACIDA Eccomi, io son pronta.

EUGENIO Son qui, suggerite. (*al Suggeritore*)

PLACIDA Avvertite bene, signor suggeritore: dove so la parte, suggerite piano, dove non la so, suggerite forte.

SUGGERITORE Ma come farò io a conoscere dove la sa, e dove non la sa?

PLACIDA Se sapete il vostro mestiere, l'avete a conoscere. Andate, e se mi farete sbagliare, povero voi.

SUGGERITORE (Già, è l'usanza de' commedianti: quando non sanno la parte, danno la colpa al suggeritore). (*entra e va a suggerire*)

SCENA QUINTA

ROSAURA e FLORINDO

ROSAURA *Caro Florindo, mi fate torto se dubitate della mia fede. Mio padre non arriverà mai a disporre della mia mano.*

FLORINDO *Non mi fa temer vostro padre, ma il mio. Può darsi che il signor Dottore, amandovi teneramente, non voglia la vostra rovina; ma l'amore, che ha per voi mio padre, mi mette in angoscia, e non ho cuore per dichiararmi ad esso rivale.*

ROSAURA *Mi credete voi tanto sciocca, che voglia consentire alle nozze del signor Pantalone? Ho detto che sarò sposa in casa Bisognosi ma fra me intesi del figliuolo, e non del padre.*

FLORINDO *Eppure egli si lusingava di possedervi, e guai a me, se discoprisse la nostra corrispondenza.*

ROSAURA *Terrò celato il mio amore fino a tanto, che dal mio silenzio mi venga minacciata la vostra perdita.*

FLORINDO *Addio, mia cara, conservatemi la vostra fede.*

ROSAURA *E mi lasciate sì tosto?*

FLORINDO *Se il vostro genitore vi sorprende, sarà svelato ogni arcano.*

ROSAURA *Egli non viene a casa per ora.*

SCENA SESTA

PANTALONE e detti

PANTALONE (di dentro)*O de casa; se pol vegnìr?*

FLORINDO *Oimè. mio padre.*

ROSAURA *Nascondetevi in quella camera.*

FLORINDO *Verrà a parlarvi d'amore.*

ROSAURA *Lo seconderò per non dar sospetto.*

FLORINDO *Secondatelo fino a certo segno.*

ROSAURA *Presto, presto, partite.*

FLORINDO *Oh amor fatale, che mi obbliga ad essere geloso di mio padre medesimo!* (si ritira)

PANTALONE *Gh'è nissun? Se pol vegnìr?*

ROSAURA *Venga, venga, signor Pantalone.*

PANTALONE *Siora Rosaura, patrona reverita. Xèla sola?*

ROSAURA *Sì, signore, son sola. Mio padre è fuori di casa.*

PANTALONE *Se contentela, che me ferma un pochetto con ela, o vorla, che vaga via?*

ROSAURA *Ella è il padrone di andare, e di stare, a suo piacere.*

PANTALONE *Grazie, la mia cara fia. Benedetta quella bocchetta, che dise quele bele parole.*

ROSAURA *Mi fa ridere, signor Pantalone.*

PANTALONE *Cuor allegro el Ciel l'aiuta. Gh'ho gusto, che ridè, che stè alegra, e quando ve vedo de bona vogia, sento propriamente, che el cuor me bagola.*

ROSAURA *M'imagino che sarà venuto per ritrovare mio padre.*

PANTALONE *No, colonna mia, no speranza mia, che no son vegnù per el papà, son vegnù per la tata.*

ROSAURA *E chi è questa tata?*

PANTALONE *Ah furbetta! Ah ladra de sto cuor! Lo savè, che spasemo, che muoro per vu?*

ROSAURA *Vi sono molto tenuta del vostro amore.*

PANTALONE *Ale curte. Za che semo soli, e nissun ne sente, ve contenteu, ve degneu, de compagnarve in matrimonio con mi?*

ROSAURA *Signore, bisognerà parlarne a mio padre.*

PANTALONE *Vostro sior pare xè mio bon amigo, e spero che nol me dirà de no. Ma vorave sentir da vu le mie care viscere, do parole, che consolasse el mio povero cuor. Vorrave, che vu me disessi: Sior sì; sior Pantalon lo torò, ghe voggio tutto el mio ben; sibben, che l'è vecchio, el me piase tanto; se me disè cusì, me fè andar in bruo de lasagne.*

ROSAURA *Io queste cose non le so dire.*

PANTALONE *Disè, fia mia, aveu mai fatto l'amor?*

ROSAURA *Non, signore, mai.*

PANTALONE *No savè, come che se fazza a far l'amor?*

ROSAURA *Non lo so, in verità.*

PANTALONE *Ve l'insegnerò mi, cara; ve l'insegnerò mi.*

ROSAURA *Queste non mi paiono cose per la sua età.*

PANTALONE *Amor no porta respetto a nissun. Tanto el ferisce i zoveni, quanto i vecchi; e tanto i vecchi, quanto i zoveni bisogna compatirli co i xè innamorai.*

FLORINDO *Dunque avrete compassione ancora a me, se sono innamorato.*

PANTALONE *Come? Qua ti xè?*

FLORINDO *Sì; signore, son qui per quella stessa cagione, che fa qui essere voi.*

PANTALONE *Confesso el vero, che tremo dala colera, e dal rossor vedendo in fazza de mio fio scoverte le mie debolezze. Xè granda la temerità da comparirme davanti in t'una congiuntura tanto pericolosa, ma sta sorpresa, sto scoprimento, servirà de fren ai to dessegni, e alle mie passion. Per remediar al mal esempio, che t'ho dà in sta occasion, sappi che me condanno da mi medesimo, che confesso esser stà tropo debole, tropo facile, tropo matto. Se ho dito, che i vecchi, e i zoveni che s'innamora, merita compatimento, l'è stà un trasporto dell'amorosa passion. Per altro i vecchi, che gh'ha fioi, no i s'ha da innamorar con pregiudizio della so famegia. I fioi, che gh'ha pare, no i s'ha da incapriziar senza el consenso de quello, che li ha messi al mondo. Onde fora tutti do desta casa. Mi per elezion, ti per obbedienza. Mi per remediar al scandalo, che t'ho dà: ti per imparar a viver con cautela, con più giudizio, e con più respetto a to pare.*

FLORINDO *Ma, signore...*

PANTALONE *Animo, digo, fora subito de sta casa.*

FLORINDO *Permetetemi...*

PANTALONE *Obedissi, o te trarrò zoso della scala con le mie man.*

FLORINDO *(Maledettissima gelosia, che mi rendesti impaziente).*

PANTALONE *Siora Rosaura, no so cossa dir. V'ho volesto ben, ve ne vogio ancora, e ve ne vorrò. Ma un momento solo ha deciso de vu, e de mi. De vu, che no sarè più tormentada da sto povero vecchio; de mi, che morirò quanto prima, sacrificando la vita al mio decoro, alla mia estimazion.*

ROSAURA *Oimè! Qual gelo mi ricerca le vene? In qual'agitazione si ritrova il mio core?* (Dite piano, che la parte la so). (verso il Suggeritore) *Florindo, scoperto dal padre, non verrà più in mia casa, non sarà più mio sposo? Ahi, che il dolore mi uccide. Ahi, che l'affanno...* (Suggerite, che non me ne ricordo) *Ahi che l'affanno m'opprime, Infelice Rosaura, e potrai vivere senza il tuo diletto Florindo? E soffrirai questa dolorosa...* Zitto. (al Suggeritore) *Questa dolorosa separazione? Ah no. A costo di perder tutto, a costo di perigli, e di morte, voglio andare in traccia dell'idol mio, voglio superare l'avverso... l'avverso fato... E voglio far conoscere al mondo...* Maledetto suggeritore, che non si sente; non voglio dir altro. (parte)

SCENA SETTIMA

Il SUGGERITORE col libro in mano, poi VITTORIA

SUGGERITORE Animo *Colombina*. Tocca a *Colombina*, e poi ad *Arlecchino*. Non la finiscono mai. Maladetto questo mestiere! Bisogna star qui tre, o quattr'ore a sfiatarsi, e poi i signori comici sempre gridano, e non si contentano mai. Sono vent'ore sonate, e sa il Cielo, se il signor capo di compagnia mi darà nemmeno da pranzo. *Colombina.* (chiama forte)

VITTORIA Son qui, son qui.

SUGGERITORE Animo, che è tardi. (entra e va a suggerire)

COLOMBINA *Povera signora Rosaura, povera la mia padrona! Che cosa mai ha che piange, e si dispera? Eh so ben io cosa vi vorrebbe pel suo male! Un pezzo di giovinotto ben fatto, che le facesse passare la malinconia. Ma il punto sta, che anch'io ho bisogno dello stesso medicamento. Arlecchino, e Brighella sono ugualmente accesi delle mie strepitose bellezze, ma non saprei a qual di loro dar dovessi la preferenza. Brighella è troppo furbo, Arlecchino è troppo sciocco. L'accorto vorrà fare a modo suo, l'ignorante non saprà fare a modo mio. Col furbo starò male di giorno, e collo sciocco starò male di notte. Se vi fosse qualcheduno a cui potessi chiedere consiglio, glielo chiederei volontieri.*

SCENA OTTAVA

33

BRIGHELLA e ARLECCHINO che ascoltano, e detta

COLOMBINA *Basta, andrò girando per la città, e a quante donne incontrerò, voglio dimandare, se sia meglio prendere un marito accorto, o un marito ignorante.*

BRIGHELLA *Accorto, accorto.* (s'avanza)

ARLECCHINO *Ignorante, ignorante.* (s'avanza)

COLOMBINA *Ognuno difende la propria causa.*

BRIGHELLA *Mi digo el vero.*

ARLECCHINO *Mi gh'ho rason.*

BRIGHELLA *E te lo proverò con argomenti in forma.*

ARLECCHINO *E mi lo proverò con argomenti in scarpa.*

COLOMBINA *Bene, chi di voi mi persuaderà, sarà mio marito.*

BRIGHELLA *Mi come omo accorto, sfadigherò, suderò, perché in casa no te manca mai da magnar.*

COLOMBINA *Questo è un buon capitale.*

ARLECCHINO *Mi, come omo ignorante, che no sa far gnente, lasserò che i boni amici porta in casa da magnar, e da bever.*

COLOMBINA *Anche così, potrebbe andar bene.*

BRIGHELLA *Mi, come omo accorto, che sa sostegnir el ponto d'onor, te farò respettar da tutti.*

COLOMBINA *Mi piace.*

ARLECCHINO *Mi, come omo ignorante, e pacifico, farò, che tutti te voia ben.*

COLOMBINA *Non mi dispiace.*

BRIGHELLA *Mi, come omo accorto, regolerò perfettamente la casa.*

COLOMBINA *Buono.*

ARLECCHINO *Mi, come omo ignorante, lasserò che ti la regoli ti.*

COLOMBINA *Meglio.*

BRIGHELLA *Se ti vorrà divertimenti, mi te condurrò da per tutto.*

COLOMBINA *Benissimo.*

ARLECCHINO *Mi, se ti vorrà andar a spasso, te lasserò andar sola dove ti vol.*

COLOMBINA *Ottimamente.*

BRIGHELLA *Mi, se vederò, che qualche zerbintoto vegna per insolentarte, lo scazzerò colle brutte.*

COLOMBINA *Bravo.*

ARLECCHINO *Mi, se vederò qualchedun, che te zira d'intorno darò logo alla fortuna.*

COLOMBINA *Bravissimo.*

BRIGHELLA *Mi, se troverò qualchedun in casa el copperò!*

ARLECCHINO *E mi torrò ed candelier, e ghe farò lume.*

BRIGHELLA *Cossa dixeu?*

ARLECCHINO *Cossa te par?*

COLOMBINA *Ora, che ho sentite le vostre ragioni, concludo, che Brighella pare troppo rigoroso, e Arlecchino troppo paziente. Onde, fate così, impastatevi tutti due, fate di due pazzi un uomo savio, ed allora vi sposerò.*

BRIGHELLA *Arlecchin?*

ARLECCHINO *Brighella?*

BRIGHELLA *Com'ela?*

ARLECCHINO *Com'ela?*

BRIGHELLA *Ti, che ti è un maccaron, ti te pol impastar facilmente.*

ARLECCHINO *Piuttosto ti, che ti è una lasagna senza dreto e senza roverso.*

BRIGHELLA *Basta, no l'è mio decoro, che me metta in competenza con ti.*

ARLECCHINO *Sastu cossa che podemo far? Colombina sa far la furba, e l'accorta, quando che la vol; ergo impastemose tutti do con ela, e faremo de tre paste una pasta da far biscotto per le galere.* (parte)

SCENA NONA

BRIGHELLA *Costù per quel che vedo, l'è goffo e destro; ma no saria mio decoro, che me lassasse da lu superar. Qua ghe vol spirito, ghe vol inzegno. Qual piloto, che trovandose in alto mar colla nave, osservando dalla bussola della calamita, che el vento sbalza da garbin a sirocco, ordena ai marineri zirar le vele; così anca mi, ai marineri dei mii pensieri...*

ORAZIO Basta così, basta così.

ANSELMO Obbligatissimo alle sue grazie. Perché no volela, che fenissa la mia scena?

ORAZIO Perché queste comparazioni, queste allegorie non si usano più.

ANSELMO E pur quando le se fa, la zente sbate le man.

ORAZIO Bisogna vedere chi è, che batte. La gente dotta non s'appaga di queste freddure. Che diavolo di bestialità? paragonare l'uomo innamorato al piloto, che è in mare, e poi dire: "I marinari dei miei pensieri!" Queste cose il poeta non le ha scritte. Questo è un paragone recitato di vostra testa.

ANSELMO Donca non ho da dir paralleli?

ORAZIO Signor no.

ANSELMO Non ho da cercar allegorie?

ORAZIO Nemmeno.

ANSELMO Manco fadiga, e più sanità. (*parte*)

SCENA DECIMA

ORAZIO ed EUGENIO

ORAZIO Vedete? Ecco la ragione per cui bisogna procurar di tenere i commedianti legati al premeditato, perché facilmente cadono nell'antico, e nell'inverisimile.

EUGENIO Dunque s'hanno da abolire intieramente le commedie all'improviso?

ORAZIO Intieramente no; anzi va bene, che gl'Italiani si mantengano in possesso di far quello, che non hanno avuto coraggio di far le altre nazioni. I Francesi sogliono dire, che i comici italiani sono temerari, arrischiandosi a parlare in pubblico all'improvviso; ma questa, che può dirsi temerità nei comici ignoranti è una bella virtù ne' comici virtuosi; e ci sono tuttavia de' personaggi eccellenti, che ad onor dell'Italia, e a gloria dell'arte nostra, portano in trionfo con merito e con applauso l'ammirabile prerogativa di parlare a soggetto, con non minor eleganza di quello che potesse fare un poeta scrivendo.

EUGENIO Ma le maschere ordinariamente patiscono a dire il premeditato.

ORAZIO Quando il premeditato è grazioso, e brillante, bene adattato al carattere del personaggio, che deve dirlo, ogni buona maschera volentieri lo impara.

EUGENIO Dalle nostre commedie di carattere non si potrebbero levar le maschere?

ORAZIO Guai a noi, se facessimo una tal novità: non è ancor tempo di farla. In tutte le cose non è da mettersi di fronte contro all'universale. Una volta il popolo andava alla commedia solamente per ridere, e non voleva vedere altro che le maschere in iscena, e se le parti serie avevano un dialogo un poco lungo, s'annoiavano immediatamente; ora si vanno avvezzando a sentir volentieri le parti serie, e godono le parole, e si compiacciono degl'accidenti, e gustano la morale, e ridono dei sali, e dei frizzi, cavati dal serio medesimo, ma vedono volentieri anco le maschere, e non bisogna levarle del tutto, anzi convien cercare di bene allogarle, e di sostenerle con merito nel loro carattere ridicolo anco a fronte del serio più lepido, e più grazioso.

EUGENIO Ma questa è una maniera di comporre assai difficile.

ORAZIO È una maniera ritrovata, non ha molto, alla di cui comparsa tutti si sono invaghiti, e non andrà gran tempo, che si sveglieranno i più fertili ingegni a migliorarla, come desidera di buon cuore, chi l'ha inventata.

SCENA UNDICESIMA

PETRONIO e detti

PETRONIO Servitor di lor signori.

ORAZIO Riverisco il signor Petronio.

PETRONIO Voleva provar ancor io le mie scene, ma parmi, che ci sia poco buona disposizione.

ORAZIO Per questa mattina basta così. Proveremo qualche altra cosa dopo pranzo.

PETRONIO Io sto lontano di casa, mi rincresce aver d'andare, e tornare.

EUGENIO Eh resterete qui a pranzo dal signor Orazio: già faccio conto di restarvi ancor io.

ORAZIO Padroni; s'accommodino.

37

SCENA DODICESIMA

Il SUGGERITORE della scena; e poi ANSELMO, LELIO e detti

SUGGERITORE Quand'è così, starò anch'io a ricevere le sue grazie. (*ad Orazio*)

ORAZIO Sì signore, mi maraviglio. (*il Suggeritore entra*)

ANSELMO Sior Orazio, so che l'ha tanta bontà per mi, che no la me negherà una grazia.

LELIO (*fa riverenze*)

ORAZIO Dite pure; in quel che posso, vi servirò.

LELIO (*come sopra*)

ANSELMO L'è qua el sior Lelio. El desidera de far el comico: el gh'ha del spirito, dell'abilità; sta compagnia la gh'ha bisogno d'un altro moroso; la me fazza sta finezza; la lo riceva in grazia mia.

ORAZIO Per compiacere il mio caro signor Anselmo, lo farei volentieri, ma chi mi assicura, che possa riuscire?

ANSELMO Fermo cusì, provemolo. Se contentela sior Lelio, de far una piccola prova?

LELIO Sono contentissimo. Mi rincresce, che ora non posso, mentre non avendo bevuto la cioccolata, sono di stomaco, e di voce un poco debole.

ORAZIO Faremo così; torni dopo pranzo, e si proverà.

LELIO Ma frattanto dove avrei io d'andare?

ORAZIO Vada a casa, poi torni.

LELIO Casa io non ne ho.

ORAZIO Ma dove è alloggiato?

LELIO In nessun luogo.

ORAZIO Quant'e, che è in Venezia?

LELIO Da ieri in qua.

ORAZIO E dove ha mangiato ieri?

LELIO In nessun luogo.

ORAZIO Ieri non ha mangiato?

LELIO Né ieri, né stamattina.

ORAZIO Ma dunque come farà...

EUGENIO Signor poeta, venga a pranzo dal capo di compagnia.

LELIO Riceverò le sue grazie, signor capo; perché questi appunto sono gl'incerti de' poeti.

ORAZIO Io non la ricevo per poeta, ma per comico.

PETRONIO Venga, venga, signore, questo è un incerto anco dei comici quando si fa la prova.

ORAZIO Oh mi perdoni! Mi tornerebbe un bel conto.

LELIO Questa è fatta, non se ne parla più. Oggi vedrà la mia abilità.

PETRONIO E la principieremo a vedere alla tavola.

SCENA TREDICESIMA

VITTORIA e detti

VITTORIA Signor Orazio, è arrivata alla porta una forestiera piena di ricciolini, tutta brio, col tabarrino, col cappellino, e domanda del capo di compagnia.

ORAZIO Venga avanti.

LELIO Non sarebbe meglio riceverla dopo desinare?

ORAZIO Sentiamo cosa vuole.

VITTORIA Ora la faccio passare.

ORAZIO Mandiamo un servitore.

VITTORIA Eh io fo la serva da burla, la farò anche davvero.

SCENA QUATTORDICESIMA

PLACIDA, BEATRICE e detti

PLACIDA Grand'aria! grand'aria!

BEATRICE Bellezze grandi! bellezze grandi!

ORAZIO Che cosa c'è, signore mie?

PLACIDA Vien su della scala una forestiera, che incanta.

BEATRICE Ha il servitore colla livrea, sarà qualche gran signora.

ORAZIO Or ora la vedremo. Eccola.

SCENA QUINDICESIMA

ELEONORA, con un SERVITORE, e detti

ELEONORA Serva a lor signori.

ORAZIO Servitor ossequiosissimo, mia signora. (*le donne le fanno riverenza, e tutti gli uomini stanno col cappello in mano*)

ELEONORA Sono comici, lor signori?

ORAZIO Sì, signora, per servirla.

ELEONORA Chi è il capo della compagnia?

ORAZIO Io per obbedirla.

ELEONORA È questa è la prima donna? (*verso Placida*)

PLACIDA A' suoi comandi. (*con una riverenza*)

ELEONORA Brava; so che vi fate onore.

PLACIDA Grazie alla sua bontà.

ELEONORA Io pure vado volentieri alle commedie, e quando vedo le vostre buffonerie, rido, come una pazza.

ORAZIO Ci favorisca di grazia, acciò ch'io non mancassi del mio dovere; mi dica con chi ho l'onor di parlare.

ELEONORA Sono una virtuosa di musica.

ORAZIO Ella è dunque una cantatrice?

ELEONORA Cantatrice? Sono una virtuosa di musica. (*tutti si guardano fra di loro, e si mettono il cappello in testa*)

ORAZIO Insegna forse la musica?

ELEONORA No, signore, canto.

ORAZIO Dunque è cantatrice.

PLACIDA Fate voi da prima donna? (*ad Eleonora*)

ELEONORA Qualche volta.

PLACIDA Brava ragazza, vi verrò a vedere. (*burlandola*)

PETRONIO Anch'io, signora, quando sento le smorfie delle cantatrici, crepo dalle risa.

LELIO Perdoni in grazia, non è ella la signora Eleonora?

ELEONORA Sì signore per l'appunto.

LELIO Non si ricorda, che ha recitato in un mio dramma?

ELEONORA Dove? Non mi sovviene.

LELIO A Firenze.

ELEONORA Il dramma com'era intitolato?

LELIO *La Didone in bernesco.*

ELEONORA Sì, signore, è vero. Io faceva la prima parte. Anzi l'impressario andò fallito per cagione del libro.

LELIO Tutti dicevano a cagione della prima donna; per altro, mi rimetto.

BEATRICE Dunque ella recita in opere buffe?

ELEONORA Sì signora, qualche volta.

BEATRICE E viene a ridere delle buffonerie dei commedianti?

ELEONORA Vi dirò. Mi piace tanto il vostro modo di trattare, che verrei volentieri ad unirmi con voi.

ORAZIO Vuol fare la commediante?

ELEONORA Io la commendiante!

ORAZIO Ma dunque cosa vuol fare con noi?

ELEONORA Verrò a cantar gl'intermezzi.

ORAZIO Obbligatissimo alle sue grazie.

ELEONORA Il compagno lo troverò io, e con cento zecchini vi assolverete dalla spesa di tutti due.

ORAZIO Non più di cento zecchini?

ELEONORA Viaggi, alloggi, piccolo vestiario, queste sono cose, che ci s'intendono.

ORAZIO Eh benissimo, cose che si usano.

ELEONORA Gl'intermezzi gli abbiamo noi; ne faremo quattro per obbligo in ogni piazza, e volendone di più, ci farete un regalo di dieci zecchini per ogni muta.

ORAZIO Anche qui non c'è male.

ELEONORA L'orchestra poi, deve esser sufficiente.

ORAZIO Questo s'intende.

ELEONORA Abiti sempre nuovi.

ORAZIO Ho il sarto in casa.

ELEONORA Il mio staffiere fa la parte muta, e si contenterà di quello che gli darete.

ORAZIO Anche il servitore è discreto.

ELEONORA Tutto va bene.

ORAZIO Va benissimo.

ELEONORA La cosa è aggiustata, mi pare

ORAZIO Aggiustatissima.

ELEONORA Dunque...

ORAZIO Dunque, signora, non abbiamo bisogno di lei.

TUTTI Bravo, bravo. (*con allegria*)

ELEONORA Come! Mi disprezzate così?

ORAZIO Cosa credete, signora mia, che i comici abbiano bisogno, per far fortuna, dell'animo della vostra musica? Pur troppo per qualche tempo l'arte nostra si è avvilita a segno di mendicar dalla musica i suffragi per tirar la gente al teatro. Ma grazie al Cielo, si sono tutti disingannati, ed è stata intieramente sbandita dai nostri teatri. Io non voglio entrare nel merito, o nel demerito de' professori di canto, ma vi dico, che tanto è virtuoso il musico, quanto il comico, quando ognuno sappia il suo mestiere; con questa differenza, che noi per comparire, dobbiamo studiare per necessità, ma voi altre piccole cantatrici, vi fate imboccare un paio di arie, come i pappagalli, e a forza d'impegni vi fate batter le mani. Signora virtuosa, la riverisco. (*parte*)

ELEONORA Ecco qui. I comici sono sempre nemici dei virtuosi di musica.

PLACIDA Non è vero, signora, non è vero. I comici sanno rispettare quei musici, che hanno del merito e della virtù; ma i musici di merito, e virtuosi rispettano altresì i comici onorati, e dabbene. Se foste voi una virtuosa di grado, non verreste a offerirvi a cantare gl'intermezzi nella commedia. Ma quando ciò vi riuscisse, avreste migliorato assai di condizione, mentre è molto meglio vivere fra' comici mediocri, come siamo noi, che fra i cattivi musici, coi quali sarete sin'ora stata. Signora virtuosa a lei m'inchino. (*parte*)

ELEONORA Questa prima donna avrà fatto da principessa, e si crede di esser ancora tale.

BEATRICE Come voi, che avrete veduti i cartoni di qualche libro di musica, e vi date a credere di essere virtuosa. È passato il tempo, signora mia, che la musica si teneva sotto i piedi l'arte comica. Adesso abbiamo anche noi il teatro pieno di nobiltà, e se prima venivano da voi per ammirare, e da noi per ridere; ora vengono da noi per goder la commedia, e da voi per la conversazione. (*parte*)

ELEONORA Sono ardite davvero queste commedianti, signori miei, non mi credeva d'avere un simile trattamento.

EUGENIO Sareste stata meglio trattata, se foste venuta con miglior maniera.

ELEONORA Noi altre virtuose parliamo quasi tutte così.

EUGENIO E noi altri comici rispondiamo così. (*parte*)

ELEONORA Sia maladetto quando son qui venuta.

PETRONIO Certo che ha fatto male a venir a sporcare i virtuosi suoi piedi sulle tavole della commedia.

ELEONORA Voi, chi siete?

PETRONIO Il Dottor per servirla.

ELEONORA Dottor di commedia.

PETRONIO Com'ella virtuosa di teatro.

ELEONORA Che vuol dire, dottore senza dottrina.

PETRONIO Che vuol dire: virtuosa senza saper né legger; né scrivere. (*parte*)

ELEONORA Ma questo è troppo; se qui resto, ci va della mia riputazione. Staffiere, voglio andar via.

ANSELMO Siora virtuosa, se la volesse restar servida a magnar quattro risi coi commedianti, l'è padrona.

ELEONORA Oh voi siete un uomo proprio, e civile.

ANSELMO Mi no son padron de casa, mal el capo di compagnia l'è tanto mio amigo, che se ghe la condurrò, so che el la vederà volentiera.

ELEONORA Ma le donne, mi perderanno il rispetto.

ANSELMO Basta che la se contegna con prudenza, e la vederà, che tutte le ghe farà ciera.

ELEONORA Andate, ditelo al capo di compagnia, e s'egli m'invita, può essere, che mi lasci indurre a venire.

ANSELMO Vado subito. (Ho inteso. La musica de sta patrona, l'è compagna della poesia del sior Lelio. Fame tanta, che fa paura). (*parte*)

LELIO Signora Eleonora, a me che sono vostro conoscente antico, potete parlare con libertà. Come vanno le cose vostre?

ELEONORA Male assai. L'impresario dell'opera, in cui io recitava, è fallito; ho perduta la paga, ho dovuto far il viaggio a mie spese, e per dirvi tutto, non ho altro che quello che mi vedete intorno.

LELIO Anch'io, signora mia, sono nello stesso caso, e se volete prendere il partito, che ho preso io, starete bene ancor voi.

ELEONORA A che cosa vi siete voi appigliato?

LELIO A fare il comico.

ELEONORA Ed io dovrò abbassarmi a tal segno?

LELIO Signora mia, come state d'appetito?

ELEONORA Alquanto bene.

LELIO Ed io benissimo. Andiamo a desinare, che poi ne parleremo.

ELEONORA Il capo di compagnia non mi ha mandato l'invito.

LELIO Non importa: andiamo, che è galantuomo. Non vi rifiuterà.

ELEONORA Ho qualche difficoltà.

LELIO Se avete difficoltà voi, non l'ho io. Vado a sentire l'armonia de' cucchiai, che è la più bella musica di questo mondo. (*parte*)

ELEONORA Staffiere, che facciamo?

STAFFIERE Io ho una fame, che non posso più.

ELEONORA Andiamo, o non andiamo?

STAFFIERE Andiamo per amor del Cielo.

ELEONORA Bisognerà superar la vergogna. Ma che farò? Mi lascierò persuadere a far la comica? Mi regolerò secondo la tavola dei commedianti. Già, per dirla, è tutto teatro, e di cattiva musica, può essere, ch'io diventi, mediocre comica. Quante mie compagne farebbero così, se potessero! È meglio guadagnarsi il pane colle sue fatiche, che dar occasione di mormorare. (*parte collo Staffiere*)

ATTO TERZO

SCENA PRIMA

ORAZIO ed EUGENIO

EUGENIO Ora la compagnia è veramente compiuta. Il signor Lelio, e la signora Eleonora suppliscono a due persone, ch'erano necessarie.

ORAZIO Chi sa se saranno buoni da recitare?

EUGENIO Gli proverete; ma io giudico, che abbiano a riuscire ottimamente.

ORAZIO Poi converrà osservare il loro modo di vivere. Uno ha in capo la poesia, l'altra la musica; non vorrei che m'inquietassero colle loro idee. Sapete, ch'io sopra tutto fo capitale della quiete nella mia compagnia, che stimo più un personaggio di buoni costumi, che un bravo comico, che sia torbido, e di mal talento.

EUGENIO E così va fatto. La buona armonia fra compagni contribuisce al buon esito delle commedie. Dove sono dissensioni, gare, invidie, gelosie, tutte le cose vanno male.

ORAZIO Io non so come la signora Eleonora siasi indotta in un momento a voler far la comica.

EUGENIO La necessità la conduce a procacciarsi questo poco di pane.

ORAZIO Quando sarà rimessa in buono stato, farà come tanti altri, non si ricorderà del benefizio, e ci volterà le spalle.

EUGENIO Il mondo è sempre stato così.

ORAZIO L'ingratitudine è una gran colpa.

EUGENIO Eppure tanti sono gl'ingrati.

ORAZIO Osservate il signor Lelio, che medita qualche cosa per far prova della sua abilità.

EUGENIO Ora verrà da voi a farsi sentire. Non gli voglio dar soggezione.

ORAZIO Sì, fate bene a partire. Andate dalla signora Eleonora, e quando mi sarò sbrigato dal poeta, mandatemi la virtuosa.

EUGENIO Poeta salvatico, e virtuosa ridicola. (*parte*)

SCENA SECONDA

ORAZIO, poi LELIO

ORAZIO Ecco il signor Lelio, che viene con passo grave. Farà probabilmente qualche scena.

LELIO *Sono stato per rivedere la mia bella, e non avendo avuto la fortuna di ritrovarla, voglio portarmi a rintracciarla al mercato.*

ORAZIO Signor Lelio, con chi intendete di parlare?

LELIO Non vedete, ch'io recito?

ORAZIO Capisco, che recitate; ma recitando, con chi parlate?

LELIO Parlo da me stesso. Questa è un'uscita, un soliloquio.

ORAZIO E parlando da voi medesimo, dite: *Sono stato a riveder la mia bella*? Un uomo da se stesso, non parla così. Pare, che venghiate in scena a raccontare a qualche persona dove siete stato.

LELIO Ebbene, parlo col popolo.

ORAZIO Qui vi voleva. E non vedete, che col popolo non si parla? Che il comico deve immaginarsi, quando è solo, che nessuno lo senta, e che nessuno lo veda? Quello di parlare col popolo è un vizio intollerabile, e non si deve permettere in verun conto.

LELIO Ma se quasi tutti quelli, che recitano all'improvviso fanno così. Quasi tutti, quando escono soli vengono a raccontare al popolo dove sono stati, e dove vogliono andare.

ORAZIO Fanno male, malissimo, e non si devono seguitare

LELIO Dunque non si faranno mai soliloqui.

ORAZIO Signor sì, i soliloqui sono necessari per ispiegare gl'interni sentimenti del cuore, dar cognizione al popolo del proprio carattere, e mostrar gl'effetti, e i cambiamenti delle passioni.

LELIO Ma come si fanno i soliloqui senza parlare al popolo?

ORAZIO Con una somma facilità: sentite il vostro discorso regolato, e naturale. Invece di dire: *Sono*

47

stato dalla mia bella, e non l'ho ritrovata; voglio andarla a ricercare, ecc. Si dice così: *Fortuna ingrata, tu che mi vietasti il contento di rivedere nella propria casa il mio bene, concedimi che possa rinvenirla...*

LELIO Al mercato.

ORAZIO Oh questa è più graziosa! Volete andar a ritrovare la vostra bella al mercato?

LELIO Sì signore, al mercato. Mi figuro, che la mia bella sia una rivendugliola, e se mi aveste lasciato finire, avreste sentito nell'argomento, chi sono io, chi è colei, come ci siamo innamorati, e come penso di conchiudere le nostre nozze.

ORAZIO Tutta questa roba volevate dire da voi solo? Vi serva di regola, che mai non si fanno gli argomenti della commedia da una sola persona in scena, non essendo verisimile, che un uomo, che parla solo, faccia a se stesso l'istoria de' suoi amori, o dei suoi accidenti. I nostri comici solevano per lo più nella prima scena far dichiarare l'argomento, o dal Pantalone col Dottore; o dal padrone con il servo, o dalla donna colla cameriera. Ma la vera maniera di far l'argomento delle commedie senza annoiare il popolo, si è dividere l'argomento stesso in più scene, e a poco, a poco andarlo dilucidando, con piacere, e con sorpresa degli ascoltanti.

LELIO Orsù, signor Orazio, all'improvviso non voglio recitare. Voi avete delle regole, che non sono comuni, ed io che sono principiante, le so meno degli altri. Reciterò nelle commedie studiate.

ORAZIO Bene; ma vi vuol tempo avanti che impariate una parte, e che io vi possa sentire.

LELIO Vi reciterò qualche cosa del mio.

ORAZIO Benissimo; dite su, che v'ascolto.

LELIO Vi reciterò un pezzo di commedia in versi.

ORAZIO Recitateli pure. Ma ditemi in confidenza, sono vostri?

LELIO Ho paura di no.

ORAZIO E di chi sono?

LELIO Ve lo dirò poi. Questa è una scena, che fa il padre colla figlia, persuadendola a non maritarsi.

Figlia, che mi sei cara quanto mai

Dir si possa, e per te sai quanto ho fatto.

Prima di vincolarti con il durissimo

Laccio del matrimonio, ascolta quanti

Pesi trae seco il coniugal diletto.

Bellezza, e gioventù preziosi arredi

Della femmina, son dal matrimonio

Oppressi e posti in fuga innanzi al tempo.

Vengono i figli. Oh dura cosa i figli!

Il portarli nel seno, il darli al mondo,

L'allevarli, il nudrirli sono cose,

Che fanno inorridir! Ma chi t'accerta,

Che il marito non sia geloso, e voglia

A te vietar quel ch'egli andrà cercando?

Pensaci, figlia, pensaci, e poi quando

Avrai meglio pensato; sarò padre

Per compiacerti come ora lo sono

Per consigliarti.

ORAZIO Questi effettivamente non paiono versi, e duro fatica a credere, che siano versi.

LELIO Volete sentire se sono versi? Ecco, udite, come si fanno conoscere quando si vuole. (*recita i medesimi versi declamandoli, per far conoscere il metro*)

ORAZIO È vero, sono versi, e non paiono versi. Caro amico, ditemi di chi sono?

LELIO Voi gli dovreste conoscere.

ORAZIO Eppure non gli conosco.

LELIO Sono dell'autore delle vostre commedie.

ORAZIO Com'è possibile, s'egli non ha mai fatto commedie in versi, e ha protestato di non volerne fare?

LELIO Effettivamente non ne vol fare; ma a me, che sono poeta mi ha confidato questa sua scena.

ORAZIO Dunque lo conoscete?

LELIO Lo conosco, e spero arrivar anch'io a comporre delle commedie com'egli ha fatto.

ORAZIO Eh figliuolo, bisogna prima consumar sul teatro tanti anni, quanti ne ha egli consumati, e poi potrete sperare di far qualche cosa. Credete ch'egli sia diventato compositore di commedie ad un tratto? L'ha fatto a poco a poco, ed è arrivato ad essere compatito dopo un lungo studio, una lunga pratica, ed una continova instancabile osservazione del teatro; dei costumi, e del genio delle nazioni.

LELIO Alle corte, sono buono da recitare?

ORAZIO Siete sufficiente.

LELIO Mi accettate nella vostra compagnia?

ORAZIO Vi accetto con ogni soddisfazione.

LELIO Quand'è così, son contento. Attenderò a recitare, e lascierò l'umore del comporre; giacché per quel, che sento, sono tanti i precetti d'una commedia, quante sono per così dire le parole, che la compongono. (*parte*)

SCENA TERZA

ORAZIO, poi ELEONORA

ORAZIO Questo giovine ha del brio. Pare un poco girellaio, come dicono i Fiorentini, ma per la scena vi vuole sempre uno, a cui addattar si possano i caratteri più brillanti.

ELEONORA Serva, signor Orazio.

ORAZIO Riverisco la signora virtuosa.

ELEONORA Non mi mortificate d'avvantaggio. So benissimo, che con poco garbo mi sono a voi presentata, che aveva necessità di soccorso, ma l'aria musicale influisce così; il contegno, l'affabilità, la modestia delle vostre donne, ha fatto ch'io mi sono innamorata di loro, e di tutti voi. Vedesi veramente smentita la massima di chi crede, che le femmine del teatro, siano poco ben costumate, e traggano il loro guadagno parte dalla scena, e parte dalla casa.

ORAZIO Per nostra consolazione, non solo è sbandito qualunque reo costume nelle persone, ma ogni scandalo dalla scena. Più non si sentono parole oscene, equivoci sporchi, dialoghi disonesti. Più non si vedono lazzi pericolosi, gesti scorretti, scene lubriche, di mal esempio. Vi possono andar le fanciulle, senza timor d'apprendere cose immodeste, o maliziose.

ELEONORA Orsù, signor Orazio, io voglio essere comica, e mi raccomando alla vostra assistenza.

ORAZIO Raccomandatevi a voi medesima; che vale a dire, studiate, osservate gli altri, imparate bene le parti, e sopra tutto, se vi sentite a fare un poco d'applauso, non v'insuperbite, e non vi date subito a credere di essere una gran donna. Se sentite a battere le mani, non ve ne fidate. Un tale applauso suol essere equivoco. Molti battono per costume, altri per passione, alcuni per genio, altri per impegno, e molti ancora, perché sono pagati dai protettori.

ELEONORA Io protettori non ne ho.

ORAZIO Siete stata cantatrice, e non avete protettori?

ELEONORA Io non ne ho, e mi raccomando a voi.

ORAZIO Io sono il capo di compagnia; io amo tutti ugualmente, e desidero, che tutti si facciano onore per il loro, e per il mio interesse: ma non uso parzialità a nessuno, e specialmente alle donne, perché, per quanto siano buone, fra loro s'invidiano.

ELEONORA Ma non volete nemmeno provarmi, se sono capace di sostenere il posto, che mi date di terza donna?

ORAZIO Oh questo poi sì, mentre il mio interesse vuole, che mi assicuri della vostra abilità.

ELEONORA Vi dirò qualche pezzo di recitativo, che so.

ORAZIO Ma non in musica.

ELEONORA Lo dirò senza musica. Reciterò una scena della *Didone* bernesca, composta dal signor Lelio.

ORAZIO Di quella, che ha fatto fallire l'impresario?

ELEONORA Sentite: (*si volta verso Orazio a recitare*)

   Enea d'Asia splendore...

ORAZIO Con vostra buona grazia. Voltate la vita verso l'udienza.

ELEONORA Ma se ho da parlare con Enea.

ORAZIO Ebbene; si tiene il petto verso l'udienza, e con grazia si gira un poco il capo verso il personaggio; osservate:

   Enea d'Asia splendore...

ELEONORA In musica, non mi hanno insegnato così.

ORAZIO Eh lo so, che voi altre non badate ad altro, che alle cadenze.

ELEONORA

Enea d'Asia splendore,

Caro figliuol di Venere,

E solo Amor di queste luci tenere;

Vedi come in Cartagine bambina,

Consolate del tuo felice arrivo,

Ballano la furlana anco le torri?

ORAZIO Basta così; non dite altro per amor del Cielo.

ELEONORA Perché? recito tanto male?

ORAZIO No quanto al recitare sono contento, ma non posso sofferire di sentir a porre in ridicolo i bellissimi, e dolcissimi versi della *Didone*; e se avessi saputo che il signor Lelio ha strappazzati i drammi d'un così celebre, e venerabile poeta, non l'avrei accettato nella mia compagnia: ma si guarderà egli di farlo mai più. Troppo obbligo abbiamo alle opere di lui, dalle quali tanto profitto abbiamo noi ricavato.

ELEONORA Dunque vi pare, ch'io possa sufficientemente passare per recitante?

ORAZIO Per una principiante siete passabile; la voce non è ferma, ma questa si fa coll'uso del recitare. Badate bene di battere le ultime sillabe, che s'intendano. Recitate piuttosto adagio, ma non troppo, e nelle parti di forza, caricate la voce, e accelerate più del solito le parole. Guardatevi sopra tutto dalla cantilena, e dalla declamazione, ma recitate naturalmente, come se parlaste, mentre essendo la commedia una imitazione della natura, si deve fare tutto quello, che è verisimile. Circa al gesto, anche questo deve essere naturale. Movete le mani secondo il senso della parola. Gestite per lo più colla dritta, e poche volte colla sinistra, e avvertite di non moverle tutte due in una volta, se non quando un impeto di collera, una sorpresa, una esclamazione lo richiedesse; servendovi di regola, che principiando il periodo con una mano, mai non si finisce coll'altra, ma con quella con cui si principia, terminare ancora si deve. D'un'altra cosa molto osservabile, ma da pochi intesa voglio avvertirvi. Quando un personaggio fa scena con voi, badategli, e non vi distraete cogl'occhi e colla mente; e non guardate qua e là per le scene, o per i palchetti, mentre da ciò ne nascono tre pessimi effetti. Il primo, che l'udienza si sdegna, e crede, o ignorante, o vano il personaggio distratto. Secondo, si commette una mala creanza verso il personaggio con cui si deve far scena; e per ultimo, quando non si bada al filo del ragionamento, arriva inaspettata la parola del suggeritore, e si recita con sgarbo, e senza naturalezza; tutte cose che tendono a rovinar il mestiere, e a precipitare le commedie.

ELEONORA Vi ringrazio dei buoni documenti, che voi mi date; procurerò di metterli in pratica.

ORAZIO Quando siete in libertà; e che non recitate, andate agli altri teatri. Osservate come recitano i buoni comici, mentre questo è un mestiere, che s'impara più colla pratica, che colle regole.

ELEONORA Anche questo non mi dispiace.

ORAZIO Un altro avvertimento voglio darvi, e poi andiamo, e lasciamo, che i comici provino il resto della commedia, che s'ha da fare. Signora Eleonora, siate amica di tutti, e non date confidenza a nessuno. Se sentite dir male dei compagni, procurate di metter bene. Se vi riportano qualche cosa, che sia contro di voi, non credete, e non badate loro. Circa alle parti, prendete quello, che vi si dà; non crediate che sia la parte lunga quella che fa onore al comico, ma la parte buona. Siate diligente, venite presto al teatro, procurate di dar nel genio a tutti, e se qualcheduno vi vede mal volentieri, dissimulate; mentre l'adulazione è vizio, ma una savia dissimulazione è sempre stata virtù. (*parte*)

ELEONORA Questo capo di compagnia, mi ha dato più avvertimenti di quello, che faccia un maestro di collegio il primo giorno, che riceve un nuovo scolare. Però gli sono obbligata. Procurerò di valermene al caso, e giacché mi sono eletta questa professione, cercherò di essere, se non delle prime, non delle ultime almeno. (*parte*)

SCENA QUARTA

Il SUGGERITORE, poi PLACIDA e PETRONIO

SUGGERITORE Animo, signori, che il tempo passa, e vien sera. Tocca a *Rosaura*, e al *Dottore*.(*entra*)

DOTTORE *Figliuola mia, da che procede mai questa tua malinconia? È possibile, che tu non lo voglia confidare ad un padre, che ti ama?*

ROSAURA *Per amor del Cielo, non mi tormentate.*

DOTTORE *Vuoi un abito? Te lo farò. Vuoi che andiamo in campagna? Ti condurrò. Vuoi una festa di ballo? La ordinerò. Vuoi marito? Te lo...*

ROSAURA *Ahi!*.(sopirando)

DOTTORE *Sì, te lo darò. Dimmi un poco, la mia ragazza, sei tu innamorata?*

ROSAURA *Signor padre, compatite la mia debolezza, sono innamorata purtroppo.* (piangendo)

DOTTORE *Via, non piangere, ti compatisco. Sei in età da marito, ed io non lascierò di consolarti, se sarà giusto. Dimmi; chi è l'amante, per cui sospiri?*

ROSAURA *È il figlio del signor Pantalone de' Bisognosi.*

DOTTORE *Il giovane non può essere migliore. Son contentissimo. S'egli ti brama, te lo darò.*

ROSAURA *Ahi!* (respirando)

DOTTORE *Sì, te lo darò, te lo darò.*

SCENA QUINTA

COLOMBINA, e detti.

COLOMBINA *Poverino! Non ho cuore da vederlo penare.*

DOTTORE *Cosa c'è Colombina?*

COLOMBINA *Vi è un povero giovinotto, che passeggia sotto le finestre di questa casa, e piange, e si dispera, e dà la testa per le muraglie.*

ROSAURA *Oimè! Chi è egli? Dimmelo.*

COLOMBINA *È il povero signor Florindo.*

ROSAURA *Il mio bene, il mio cuore, l'anima mia. Signor padre, per carità.*

DOTTORE *Sì, cara figlia voglio consolarti. Presto, Colombina, chiamalo, e digli, ch'io gli voglio parlare.*

COLOMBINA *Subito, non perdo tempo; quando si tratta di far servizio alla gioventù, mi consolo tutta.*

ROSAURA *Caro il mio caro padre, che mi vuol tanto bene.*

DOTTORE *Sei l'unico frutto dell'amor mio.*

ROSAURA *Me lo darete per marito?*

DOTTORE *Te lo darò, te lo darò.*

ROSAURA *Ma vi è una difficoltà.*

DOTTORE *E quale?*

ROSAURA *Il padre di Florindo non si contenterà.*

DOTTORE *No? Per qual ragione?*

ROSAURA *Perché anche il buon vecchio è innamorato di me.*

DOTTORE *Lo so, lo so, ma non importa; rimedieremo anche a questo.*

SCENA SESTA

FLORINDO, e detti

COLOMBINA *Ecco, eccolo, che muore dalla consolazione.*

ROSAURA *(Benedetti quegli occhi; mi fanno tutta sudare).*

FLORIANO *Signor Dottore, perdoni, incorraggito da Colombina... perché se la signora Rosaura... Ma anzi il suo signor padre... Compatisca, non so che cosa mi dica.*

DOTTORE *Intendo, intendo; siete innamorato della mia figliuola, e la vorreste per moglie, non è così?*

FLORIANO *Altro non desidero.*

DOTTORE *Ma sento a dire, che vostro padre abbia delle pretensioni ridicole.*

FLORIANO *Il padre è rivale del figlio.*

DOTTORE *Dunque non si ha da perder tempo. Bisogna levargli la speranza di poterla ottenere.*

FLORIANO *Ma come?*

DOTTORE *Dando immediatamente la mano a Rosaura.*

FLORIANO *Questa è una cosa, che mi rallegra.*

ROSAURA *Questa è una cosa, che mi consola.*

COLOMBINA *Questa è una cosa, che mi fa crepar dall'invidia.*

DOTTORE *Animo dunque, che si conchiuda, datevi la mano.*

FLORIANO *Eccola, unita al mio cuore.*

ROSAURA *Eccola, in testimonio della mia fede.*

COLOMBINA *Oh cari! Oh che bella cosa! Mi sento venir l'acqua in bocca.*

SCENA SETTIMA

PANTALONE, e detti

PANTALONE *Com'èla? Coss'è sto negozio?*

DOTTORE *Signor Pantalone, benché non vi siete degnato di parlar meco, ho rilevata la vostra intenzione, ed io ciecamente l'ho secondata.*

PANTALONE *Come? Intenzion de cossa?*

DOTTORE *Ditemi di grazia; non avete voi desiderato, che mia figlia fosse sposa del signor Florindo?*

PANTALONE *No xè vero gnente.*

DOTTORE *Avete pur detto a lei di volerla maritare in casa vostra.*

PANTALONE *Sior sì, ma no co mio fio.*

DOTTORE *Dunque con chi?*

PANTALONE *Con mi, con mi.*

DOTTORE *Non credeva mai, che in questa età vi sorprendesse una simile malinconia. Compatitemi, ho equivocato; ma questo equivoco ha prodotto il matrimonio di vostro figlio con Rosaura mia figlia.*

PANTALONE *No sarà mai vero, no l'accorderò mai.*

DOTTORE *Anzi sarà senz'altro. Se non l'accordate voi, l'accordo io. Voi, e vostro figlio avete fatto all'amore con la mia figliuola; dunque o il padre, o il figlio l'aveva a sposare. Per me, tanto m'era uno, quanto l'altro. Ma siccome il figlio è più giovine, è più lesto di gamba, egli è arrivato prima, e voi, che siete vecchio, non avete potuto finir la corsa, e siete rimasto a mezza strada.*

COLOMBINA *È il solito de' vecchi: dopo quattro passi bisogna che si riposino.*

PANTALONE *Ve digo, che questa la xè una baronada, che un pare, non ha da far el mezzan alla putta, per trappolar el fio d'un galantomo, d'un omo d'onor.*

FLORIANO *Via, signor padre, non andate in collera.* (a Pantalone)

DOTTORE *E un galantuomo, un uomo d'onore, non ha da sedurre la figlia di un buon amico, contro le leggi dell'ospitalità, e della buona amicizia.*

ROSAURA *Per amor del Cielo, non vi alterate.* (al Dottore)

SCENA OTTAVA

LELIO, TONINO e detti

LELIO Bravi, signori comici, bravi. Veramente questa è una bella scena. Il signor capo di compagnia mi va dicendo che il teatro si è riformato, che ora si osservano tutte le buone regole: e pur questa vostra scena è uno sproposito; non può stare, e non si può fare così.

EUGENIO Perché non può stare? Qual è lo sproposito, che notate voi in questa scena?

LELIO È uno dei più grandi, e dei più massicci, che dir si possa.

TONINO Chi èla ela, patron? El proto delle commedie?

PLACIDA È un poeta famosissimo. (*fa il cenno che mangia bene*)

EUGENIO Sa perfettamente a memoria la *Buccolica* di Virgilio.

LELIO So, e non so; ma so che questa è una cattiva scena.

SCENA NONA

ORAZIO, e detti

ORAZIO Cosa c'è? non si finisce di provare?

EUGENIO Abbiamo quasi finito, ma il signor Lelio grida, e dice, che questa scena va male.

ORAZIO Per qual cagione lo dice, signor Lelio?

LELIO Perché ho inteso dire, che Orazio nella sua *Poetica* dia per precetto, che non si facciano lavorare in scena più di tre persone in una volta, e in questa scena sono cinque.

ORAZIO Perdonatemi, dite a chi ve l'ha dato ad intendere, che Orazio non va inteso così. Egli dice: *Nec quarta loqui persona laboret.* Alcuni intendono, che egli dica: *Non lavorino più di tre.* Ma egli ha inteso dire, che se sono quattro, il quarto non si affatichi, cioè, che non si diano incommodo i quattro attori un con l'altro, come succede nelle scene all'improvviso, nelle quali, quando sono quattro, o cinque persone in scena, fanno subito una confusione. Per altro le scene si possono fare anche di otto, e di dieci persone, quando sieno ben regolate; e che tutti i personaggi si facciano parlare a tempo, senza che uno disturbi l'altro, come accordano tutti i migliori autori, li quali hanno interpretato il passo d'Orazio da voi allegato.

LELIO Anche qui dunque ho detto male.

ORAZIO Prima di parlare sopra i precetti degli antichi, conviene considerare due cose; la prima: il vero senso, con cui hanno scritto. La seconda, se a' nostri tempi convenga quel che hanno scritto; mentre siccome si è variato il modo di vestire, di mangiare, e di conversare, così è anche cangiato il gusto, e l'ordine delle commedie.

LELIO E così questo gusto varierà ancora, e le commedie da voi adesso portate in trionfo, diverranno anticaglie, come la *Statua*, il *Finto Principe*, e *Madama Pataffia*.

ORAZIO Le commedie diverranno antiche dopo averle fatte e rifatte; ma la maniera di far le commedie spererei, che avesse sempre da crescere in meglio. I caratteri veri, e conosciuti piaceranno sempre, e ancorché non siano i caratteri infiniti in genere, sono infiniti in spezie, mentre ogni virtù, ogni vizio, ogni costume, ogni difetto, prende aria diversa dalla varietà delle circostanze.

LELIO Sapete cosa piacerà sempre sul teatro?

ORAZIO E che cosa?

LELIO La critica.

ORAZIO Basta che sia moderata. Che prenda di mira l'universale, e non il particolare, il vizio, e non il vizioso; che sia mera critica, e non inclini alla satira.

VITTORIA Signor capo di compagnia, con sua buona grazia, una delle due, o ci lasci finir di provare, o permetta, che ce n'andiamo.

ORAZIO Avete ragione. Questo signor comico novello, mi fa usare una mala creanza. Quando i comici provano, non s'interrompono.

LELIO Io credeva, che avessero finito quando *Florindo*, e *Rosaura* si sono sposati, mentre si sa, che tutte le commedie finiscono coi matrimoni.

ORAZIO Non tutte, non tutte.

LELIO Oh quasi tutte, quasi tutte.

TONINO Sior Orazio, mi fenisso in te la commedia prima dei altri, se contentela, che diga la mia scena, e che vaga via?

ORAZIO Sì, fate come volete.

SCENA DECIMA

Il SUGGERITORE e detti

SUGGERITORE Cospetto del diavolo! Si finisce, o non si finisce questa maledetta commedia?

ORAZIO Ma voi sempre gridate. Quando si prova, vorreste che si andasse per le poste per finir presto. Quando si fa la commedia, se qualcheduno parla dietro le scene, taroccate, che vi si sentono da per tutto.

SUGGERITORE Se tarocco, ho ragione, mentre la scena è sempre piena di gente, che fa romore, e mi maraviglio di lei, che lasci venir tanta gente in scena, che non ci possiamo movere.

ORAZIO Per l'avvenire non sarà così. Voglio assolutamente la scena sgombrata.

EUGENIO Io non so, che piacere abbiano a venire a veder la commedia in scena.

VITTORIA Lo fanno per non andare nella platea.

EUGENIO Eppure la commedia si gode meglio in platea, che in scena.

VITTORIA Sì, ma taluni dai palchi sputano, e infastidiscono le persone che sono giù.

ORAZIO Veramente, per perfezionare il buon ordine de' teatri, manca l'osservanza di questa onestissima pulizia.

EUGENIO Manca un'altra cosa, che non ardisco dirla.

59

ORAZIO Siamo tra di noi, potete parlare con libertà.

EUGENIO Che nei palchetti non facciano tanto romore.

ORAZIO È difficile assai.

PLACIDA Per dirla è una gran pena per noi altri comici recitare allora quando si fa strepito nell'udienza. Bisogna sfiatarsi per farsi sentire, e non basta.

VITTORIA In un pubblico bisogna aver pazienza. E alle volte, che si sentono certi fischietti, certe cantatine da gallo? Gioventù allegra; vi vuol pazienza.

ORAZIO Mi dispiace, che disturbano gli altri.

PETRONIO E quando si sentono sbadigliare?

ORAZIO Segno, che la commedia non piace.

PETRONIO Eh qualche volta lo fanno con malizia; e per lo più nelle prime sere delle commedie nuove, per rovinarle, se possono.

LELIO Sapete cosa cantano quelli, che vanno alla commedia? La canzonetta d'un intermezzo:

Signor mio, non vi è riparo,

io qui spendo il mio denaro,

voglio far quel che mi par.

SUGGERITORE Vado, o non vado?

TONINO Via, andè, che ve mando.

SUGGERITORE Come parla, signor Pantalone?

TONINO Colla bocca, compare.

SUGGERITORE Avverta bene, e mi porti rispetto, altrimenti si pentirà. Le farò dire degli spropositi in scena, se non mi tratterà bene. Mentre se i commedianti si fanno onore, è a cagione della mia buona maniera di suggerire. (*entra*)

ORAZIO Certamente, tutto contribuisce al buon esito delle cose.

SUGGERITORE *So, che non vorreste, che vostro figlio...* (di dentro, suggerendo) *So che non vorreste, che vostro figlio...*

TONINO Dottor, a vu.

DOTTORE Ah son qui. *So, che non vorreste, che vostro figlio si ammogliasse, perché voi siete innamorato della mia figliuola, ma questa vostra debolezza fa torto al vostro carattere, alla vostra età. Rosaura non si sarebbe mai persuasa di sposar voi; dunque era inutile il vostro amore, ed è un atto di giustizia, che contentiate il vostro figlio; e se amate Rosaura, farete un'azione eroica, da uomo onesto, da uomo savio, e prudente a cederla a una persona che la renderà felice e contenta, e avrete voi la consolazione di essere stato la causa della sua più vera felicità.*

PANTALONE *Sì ben, son un galantomo, son un omo d'onor, voggio ben a sta puta, e voggio far un sforzo per demostrarghe l'amor che ghe porto. Florindo sposerà vostra fia, ma perché vostra fia l'ho vardada con qualche passion, e no me la posso desmentegar, no voggio metterme a rischio, avendola in casa, de viver continuamente all'inferno. Florindo, fio mio, el Cielo te benediga. Sposa siora Rosaura, che la lo merita, e resta in casa con ela, e co so sior pare, fina che vivo mi, e te passerò un onesto e comodo trattamento. Niora, za che no m'avè volesto ben a mi, voggiè ben a mio fio. Trattèlo con amor, e con carità, e compatì le debolezze de un povero vecchio, orbà più dal vostro merito, che dalle vostre bellezze. Dottor caro, vegnì da mi, che metteremo in carta ogni cossa. Se ve bisogna robba, bezzi, son qua. Spenderò, farò tutto, ma in sta casa no ghe vegno mai più. Oimè! gh'ho el cuor ingropà me sento, che no posso più.* (parte)

ROSAURA *Povero padre mi fa pietà.*

SCENA UNDICESIMA

BRIGHELLA, ARLECCHINO e detti

ARLECCHINO *E cusì per tornar al nostro proposito, Colombina, dame la man.*

BRIGHELLA *Colombina non farà sto torto a Brighella.*

LELIO Signor Orazio, ecco appunto, come termina il mio soggetto, che voi non avete voluto sentire. (*cava i foglietti e legge*) Florindo sposa Rosaura. Arlecchino Colombina; e coi matrimoni termina la commedia.

ORAZIO Siete veramente spiritoso.

LELIO Anzi vi dirò di più...

GIANNI Sior Orazio, gh'è altro da provar?

ORAZIO Per ora basta così.

GIANNI La podeva aver anca la bontà de sparagnarme sta gran fadiga.

ORAZIO Perché?

GIANNI Perché sta sorte de scene, le fazzo co dormo.(*si cava la maschera*)

ORAZIO Non dite così, signor Arlecchino, non dite così. Anco nelle piccole scene si distingue l'uomo di garbo. Le cose quando sono fatte, quando sono dette con grazia, compariscono il doppio, e quanto le scene sono più brevi, tanto più piacciono. L'Arlecchino deve parlar poco, ma a tempo. Deve dire la sua botta frizzante, e non stiracchiata. Stroppiar qualche parola naturalmente, ma non stroppiarle tutte, e guardarsi da quelle stroppiature, che sono comuni a tutti i secondi zanni. Bisogna crear sempre qualche cosa del suo, e per creare bisogna studiare.

GIANNI La me perdona, che se pol crear anca senza studiar.

ORAZIO Ma come?

GIANNI Far come che ho fatto mi, maridarse, e far nascer dei fioi. (*parte*)

ORAZIO Questa non è stata cattiva.

PLACIDA Se non si prova altro, anderò via ancor

ORAZIO Ora andremo tutti.

EUGENIO Possiamo andare dal nostro signor capo, che ci darà il caffè.

ORAZIO Padroni, vengano pure.

LELIO Una cosa voleva dirvi per ultimo, e poi ho finito.

ORAZIO Dica pure.

LELIO Il mio soggetto finiva con un sonetto, vorrei, che mi diceste, se sia ben fatto, o malfatto terminare la commedia con un sonetto.

ORAZIO Dirò: i sonetti in qualche commedia stanno bene, e in qualche commedia stanno male. Anche il nostro poeta alcune volte li ha usati con ragione, e alcune volte ne potea far di meno. Per esempio: nella *Donna di Garbo,* si termina la commedia in un'accademia, ed è lecito chiuderla con un sonetto. Nella *Putta onorata,* Bettina termina con un brindesi, e lo fa in un sonetto. Nella *Buona Moglie,* dice in un sonetto finale, qual esser debba la moglie buona. Nella *Vedova Scaltra,* e nei *Due gemelli veneziani,* si potevano risparmiare; e nelle altre non ha fatto sonetti al fine, perché questi assolutamente senza una ragione non si possono, e non si devono fare.

LELIO Manco male, che ha errato anche il vostro poeta.

ORAZIO Egli è uomo, come gl'altri, e può facilmente ingannarsi, anzi colle mie stesse orecchie l'ho sentito dir più, e più volte, che trema sempre allorché deve produrre una nuova sua commedia su queste scene. Che la commedia è un componimento difficile, che non si lusinga d'arrivare a conoscere, quanto basta, la perfezione della commedia, e che si contenta di aver dato uno stimolo alle persone dotte, e di spirito, per rendere un giorno la riputazione al Teatro Italiano.

PLACIDA Signor Orazio, sono stanca di star in piedi, avete ancor finito di chiaccherare?

ORAZIO Andiamo pure: è terminata la prova, e da quanto abbiamo avuto occasione di discorrere, e di trattare in questa giornata, credo che ricavare si possa, qual abbia ad essere, secondo l'idea nostra, il nostro *Teatro Comico*.

- FINE -